Ludwig Weibel
Genialisches Gebären
Das Sagenhafte zieht sich selbst hinan

Books on Demand

Bibliographische Information der Deutschen Nationalbibliothek. Die Deutsche Nationalbibliothek verzeichnet diese
Publikation in der deutschen Nationalbibliographie,
detaillierte bibliographische Daten sind im Internet über
http://dnb.dnb.de abrufbar.

© 2017 Autor: Ludwig Weibel
Herstellung und Verlag:
BoD – Books on Demand, Norderstedt
ISBN 9783744874519

Ludwig Weibel

Genialisches Gebären

Inhalt

1

Meines Ebenbildes Grazie

1.1

Das Sagenhafte zieht sich selbst hinan in seinem Sich-Begründen und erscheint vor Mir als seinsvollendetes Spektakel reiner Kunst und Gunst von Meinem götterlichten Namen. Siehst du die Weltendinge als durch Meine Augen an, erscheinen sie dir im verheissungsvollen Lichte des Verklärens. Vom Allumfassenden, das Ich im irdischen Bereich wie in den Geistesregionen Bin, ist das von deinem Schauen und Begreifen Konstatierte nur die Seite des vergänglichen und illusorischen Geplänkels die du vor dir offen siehst. Das wahre Sein jedoch tritt im gottseligen Erkennen vor dich hin sowie du deiner Eigenheiten dich entledigt hast um geistig arm zu sein und ganz Mir zu gehören. Ist der Wandel einst vollzogen ziehst du nur noch wahre Gottesgüte an und deine Tage sind ein Fest des Herzenswohlstands und des liebevollen Dich-als-Seinsvollendeter-Betragens.

Wofür Ich dich geschaffen habe ist, um Meines Ebenbildes Grazie und Anmut innig zu geniessen. So schaue Ich in dir Mich selber an und konstatiere eines Freiseins Wohlbekömmlichkeit und Redlichkeit, Selbstvertrauen und Bewusstheit ohnegleichen. Da hab Ich Meinen Job auch wirklich gut getan, darf Ich Mir freudig sagen und dabei die Wonne Meiner Gottvernunft und Universengrösse spüren. Du und alle nehmen teil an Meinem überragenden und selbstbewussten Spintisieren über alles was da *ist* und was Ich Mir äonenlang erdacht und liebevoll erschaffen habe. In dir lass Ich als Avantgarde allen weltlichen Geschehens Meine besten Schöpferkräfte spielen, dass sie ihren Charme im All verbreiten und Entzückendes und Zauberhaftes, Genialisches und Überragendes gebären. In diesem Kontext reifst und reichst auch du zu Mir hinan und darfst dich in der Sonne Meiner Gunst, Wahrhaftigkeit und Wohlgesonnenheit für's Erste wie fürs Letzte bis in alle Ewigkeit glückselig wiegen.

1.2

Ich seh dich in der Morgenröte neuer köstlicher Gedanken zu Mir auferstehn. Du haderst nicht mehr mit dem Leben, weil du in seiner vielverzweigten Ambiance das Sein entdeckt hast, das in Makellosigkeit und silberheller Reinheit, Unbekümmertheit und Leichtigkeit erstrahlt in einem Lichte, das Gottseligkeit verströmt und Wonne am allweltlichen Geschehn. Du bist dir sicher, dass in Meinem Sein die Weltenrätsel alle als gelöst erscheinen und dass der Nimbus der es ziert mit gutem Grund erstanden ist im solitären Menschengarten.

Somit kannst du dich, wenn du nur willst, auf eine Basis stützen die unendlichen Bestand hat und deren federleichte Geistesflügel aller Welten Grazie und Seinsgewinn gekonnt und siegessicher überschweben. Machst du freudig mit in diesem über alle Massen wohlbekömmlichen Betrieb, empfindest du dich integriert in ein unendlich seelenvolles Milieu von Menschen- wie von Gotteswürde, die im Innersten dasselbe sind in ihrem Wirken und Bestehn.

Hast du begriffen, dass es im Leben um die gütestrahlende Erkenntnis deines wahren Wesens geht, hat sich dein Bewusstsein in verheissungsvollen höheren Regionen etabliert, die dir den Charme und die unnennbar süsse Grazie der Sterne garantieren.

Im Sein bist du dem Sinnenspiel entwachsen und erklärst dir alles aus der Weisheit und Beflissenheit gottseliger Gedanken, die das All in wunderbarer Harmonie und Seinsgeselligkeit durchweben. Du bist in voller Wachheit und Empfindsamkeit in sie hineingeboren und erkennst dich als gerettet und gefeit vor jeglichen Gefahren. Das ist die Gewissheit der elysischen Gefilde denen du seit immer angehörst und die dich noch so gerne willig zu sich nehmen. Seinsvertrauen, Herzensruhe, Weihung und Geduld sind das Elixier mit dessen Hilfe du das Ziel erreichst der

Seinsbewusstheit und Gottseligkeit in der Alleinheit wunderbar gesegnetem Brillieren.

1.3

Wer wandert wandert immerzu dem Himmelsglück entgegen, dessen Zelt Ich allweit ausgespannt und azurblau auch über dir erhalte und äonenlang verwalte selbstbewusst und wahr. Klar und heiter präsentieren sich vor dir die Lebensdinge als von Mir gesponsert und geführt, vollgestrichen und poliert, um beachtenswert, ingeniös und wohlgefällig vor dir zu erscheinen. Es trifft sich gut, dass deine Ambitionen sich allmählich Punkt für Punkt an Meine wissenschaftlich aufgemachten schmiegen, wobei sie koscher, kolossal und für das Ewige tauglich werden.

Du bist mit deinem Anhang noch auf weiten Strecken recht bedauerlich und mühsam unterwegs, so dass Ich dich in allem Ernst ermahnen muss, Beachtliches dazuzuschalten um zur rechten Zeit dort anzulangen wo *Ich* dich haben will in Meiner Weitsicht und gottseligen Regie. Kommt dir das spanisch vor, so brauchst du nur das schon Erreichte tüchtig und mit Sorgfalt analytisch zu betrachten um festzustellen, dass es mit System erfolgte und zwar mit dem von Mir erdachten und nach Strich und Faden austarierten, deiner träfen Wohlfahrt unbedingt entgegen. Du beginnst dich wirkungsvoll in Meine Richtung zu bewegen, wenn du täglich in dich gehst, um herauszufinden was dir wirklich nottut und was strikt zu meiden ist auf deiner gloriosen Bahn ins Glück der Sterne, in das sich dein Bewusstsein noch so gerne weitet und erhebt. Es sind die minikrimen Lebensdinge die dich, als von Mir hervorgebracht, beständig grösser machen wollen bis du mit glückseliger Bewandtnis dastehst als ein Herold der Wahrhaftigkeit und Künder wahren Seins in Mir und Meinen Himmelreichen.

1.4

Tradititonsgemäss erhebe Ich dich Stuf um Stufe, um dein Wesens Sinn und Sachlichkeit auf's Wohlgefälligste und Kühnste zu vollenden. Du bist Mir die bedeutendste und genialste Schöpfungsvariante, die Mir zu verwirklichen gelang. Materiell gesehn ist an dir kaum noch etwas zu vertiefen, doch in Bezug auf deine geistigen Belange befindet die Entwicklung sich in vollem Gange wie du's täglich selber konstatieren magst. Nimm nur deine so gehätschelten Gefühle zur Betrachtung vor dich hin und stelle fest, dass sie nur allzuleicht von fremder Hand erregbar sind und dir prompt aus dem Ruder laufen. Du hast sie kaum im Griff und bedarfst noch jahrelanger, lebelanger Schulung, bis du der Herr und sie getreue Diener sind in deinen prächtig schillernden Ambitionen.

So dein Wille und Verstand sind Elemente deines Wesens die der steten Pflege und Verbesserung bedürfen, vor allem auch von Meiner Seite her, die deine Mikrowelt mit wacheren Augen übersieht als es die deinen je zu tun vermöchten. Aus diesem Grund ist es für dich ein Akt der Weisheit, Weitsicht wie des wohlerworbenen Vermögens, wenn du vor allem Mich in dir gewähren lässest in Bezug auf sachverständiges Agieren wie auf adäquates Reagieren auf die Drängeleien die von allen Seiten auf dich niedergehn. Mach es dir zur Pflicht zuallerest Mein In-Dir-Sein um Hilfe anzuflehn und erst viel später dich, von dessen Dürftigkeit kaum etwas besser werden kann in den bedenklich abgebröckelten Maximen. Dein wahres Heil wird immer noch von Mir begründet, und wo immer du erfolgreich bist, so ist es längst und liebevoll von Mir erwogen.

1.5

Mein Sinn und Sagen hat noch immer eminenten Vortritt vor dem Deinen, denn der Meister ist von seinen Knechtlein nicht so leicht zu überbieten. Wo *Ich* befehle sollst du nicht versuchen deine eigne Weisheit auf den

Tisch zu legen, denn da kommst du meistens flach heraus derweil *Ich* Mich in dir zu Bergen türme und zu meisterhaften Höhn. Weise dem was dir wohl ansteht stets die rechte Stelle zu, derweil es an der falschen Meine Dispositionen stören würde in der Allheit Meines Generierens. Du hast deinem Reiche noch bedeutendes hinzuzufügen, währenddem das Meine schon von Anfang an komplett war in Bezug auf Ausgewogenheit, Bewusstheit und mentale Stärke universenweit gesehn. Siehst du wohl wie jede Weltenstelle Meiner Mitte zugeordnet ist? Nichts kommt durch sich selber dorthin wo es ist. Alles muss von Mir befördert, überwacht, dynamisiert und in verehrenswertem Schwung gehalten werden, damit es seine volle Pracht entfalten kann im unermesslichen Getriebe. Nicht umsonst ist unauslöschlich in die Weltenzeit geschrieben, dass die Himmel alleweil von Meiner Ehre, Meinem Mut und Meiner Heldenkraft erzählen. Betrachte und beachte dies und denk an die immens verschiedenen Proportionen zwischen dir und Mir, die erst in der vollendeten Vereinigung vollkommen ausgeglichen werden.

Rufst du Mich an im Irgendwo, vermag Ich dich zu hören, was ein enormer Beitrag ist zum allgemeinen Wohl im Wehen der Gezeiten. Bist du geneigt dich Mir auf's Innigste, Intimste, Manierlichste und Traulichste für immer zu erschliessen, kann Ich dir den Ritterschlag der Tauglichkeit für's Ewige erteilen. Das macht dich würdig, im Gebirge Meines Haushalts gradzustehn und aller Sturmgewalt zu trotzen bis die Weltenwinde wieder friedevoll im Sonnenlichte ruhn.

1.6

Nicht nur Sachverstand und kluge Dispositionen sind vonnöten um den Weltbetrieb im Gang zu halten, sondern auch die Herzlichkeit des Umgangs mit den vielen. Die Geschichte würde sich mit viel mehr Friedefertigkeit und Wohlvertrautheit schreiben, wenn die Menschen sich auf das vereinigte Geborgensein im Ewigen besinnen würden. Die Weltquerelen sind ein Zeichen der Unmündigkeit und Kindlichkeit der Völkerscharen. Unwürdige sind sie die hochsensiblen und bewundernswürdigen Geschöpfe die von Mir geschaffen wurden um beglückt und wonnevoll für ewig im Elysium zu leben.

So wie die Kinder zielbewusst und unfehlbar erwachsen werden ist es auch den Völkerscharen und Bewohnern des Planeten von Mir aufgegeben wirkungsvoll vernünftig, sachverständig, liebevoll und seinsbewusst zu werden. Doch was noch immer Tradition hat spotted jeder Seinsbeschreibung, die Ich mit weise wissendem Gemüt in die Folianten und Verkünder menschlichen Betragens eingeschrieben habe.

In diesem Sinne ist auch dir auf's Dringendste empfohlen, an Verständnis, zukunftsträchtigem Verhalten, Redlichkeit und Wachheit kräftig zuzulegen. Dabei bist auch du der Träger Meiner Motivationen und vergütenden Impulse, die so wirksam sind, dass sie schlussendlich überwiegen und das Menschensein zu einem Aufenthalt im neuerstandnen Garten Eden stilisieren.

Was jetzt noch fern ist wird einst für alle wohlbekömmlich nah sein. Doch für die Könner, Klagesichtigen und ihres Seins Bewussten ist die Stunde jetzt schon da, wo alles stimmt was sie erfahren, derweil sie sich voll Wonne in den Flaum der Weltengottheit eingebettet fühlen. Das ist dann die Glorie der Glückseligkeit in der sie sich bewusst befinden und das Wunderbare das an ihnen in des Universenseins beglückender Unendlichkeit geschieht.

1.7

Für Mich Warmgewordene erringen sich den eminenten Vorteil, dass sie fortan Meiner Hilfe und Beförderung gewiss sein können überall in den banalen wie den hochgestochenen Notwendigkeiten. Dein Auf-Mich-Zählen stärkt das Selbstvertrauen in den eignen Reihen deines Welterscheinens über Generationen. Da lohnt es sich für dich, deinem Dasein das Gefälle von Äonen zuzulegen die dich aufgcbaut und dich zum Wesen, das du heute darstellst, stilisiert und hochgezüchtet haben.

Ein Unding ist es anzunehmen, dass in einem einzigen Leben alles abgehandelt werden kann was deinen Fähigkeiten, Hintergründen wie Prophezeiungen entspricht die messerscharf am Silberfaden über deinem Haupte hängen. Deine Leben sind der Dignität und Wohlfahrt angemessen die *Ich* ihnen durch Mein Gegenwärtigsein verleihe, gutmütig, genial und völlig anspruchslos.

Siehst du das All in seinem gigantesken Werden an, so beschäftigst du dich zeitgleich mit dem deinen, das du ins Allherrliche gebettet sehen solltest seit erfahrungsträchtigen Millionen.

Viel Zeit ist schon für dich verstrichen, doch steht dir noch Unendliches bevor in deinem wie im allgemeinen Sein und Leben das Ich Bin und das die Fülle in der Einheit wie die Fabelhaftigkeit der Geister Gottes in sich trägt. Jetzt ist es an der Zeit in alles überragenden Dimensionen und Verwirklichungen, Redseligkeiten und Bedeutungen zu denken, die den Aufstieg stets ins Raschere, Rasantere und Riesenhafte treiben. Das soll dich weder wundern noch erschrecken, denn ein Universensein wie Ich es Bin verewigt sich in gloriosen Räumen und Unendlichkeiten, milliardenträchtigen Verfügungen und ungezählten Wesenspunkten. Du bist ein Einzigartiger von ihnen in deinem gottgefälligen Bestehn und Blinken und erfüllst dein Soll inmitten *Meines* Handelns an der Welt mit hellen Zauberkräften, Genialitäten, sanften Strichen und Verzärtelungen universenweit in unermessnen Aktionen.

1.8

Traditionsgemäss zu wallen ist für dich verhältnismässig einfach, doch mit der Gewissheit des Gelingens in die Zukunft schreiten ist schon schwieriger im myriadenschweren Weltgefüge. Gerade das ist aber Meines Willens Ideal und Folgerichtigkeit gewesen, dass sich keine Macht der Welt den Plänen die Ich hege widersetzen kann. Das Absolute braucht sich seiner Fähigkeiten wahrlich nicht zu schämen, die da sind: Schaffen durch Verdichtung der erhabensten Gedanken, unbeugsame Konzentration auf was geschehen soll in Universenräumen, sowie liebevolle Sorgfalt im Betreuen dessen was Ich Mir erschuf. Bin Ich das in überragenden Dimensionen, so vermagst du's ebenfalls zu sein in deinem seinsspartanischen Dich-Selbst-Begründen. Du stellst dir etwas vor und lässt nicht locker bis es wirklich und wahrhaftig vor dir steht und geht in vollkommen ausgewogner Schöne. Gedankenschärfe, unbeugsamer Wille, Genialität, Vertrauensstärke und vertiefte Heiterkeit sind dir jedoch von Mir ins Welterscheinen mitgegeben als Basis aller deiner Aktionen. Da ist es schon zu überlegen, was denn eigentlich der Ursprung sei von alledem was die Planetenwelt belebt in zauberhaften und bewundernswürdigen Dimensionen. Zum Mindesten ist es ein gütestrahlendes Zusammenwirken zwischen dir und Mir das niemals übersehen werden darf mit all den wunderbaren Resultaten das es zeitigt und kreiert. Zu guter letzt Bin Ich es der das Universenwerk ins Sein erhebt und du bist Mein Trabant an dem Mir im Planetischen recht vieles ist gelegen. Das soll dich seinspotent, dir selbst bewusst, tief dankbar und verständig stimmen, damit die Lebensdinge ihrem Wert gemäss behandelt werden. Ich vollbringe alles einer Welt zulieb von Schönheit, Liebenswürdigkeit, Respekt vor dem Natürlichen sowie Erhabenheit in Meinem Reiche, das das deine intensiv, umfassend und zutiefst beseligend berührt.

1.9

Väterlich um dich versammelt Bin Ich immer schon gewesen, doch du magst es kaum begreifen, dass Ich auch in dir beständig und solvent, liebevoll und kompetent am Werke bin, um dich zur Meisterschaft in deinen Lebensdingen zu erziehen. Erfahrung tut dir Not auf allen Ebenen des Seins in die du Stuf um Stufe eintrittst um dein Soll und deine Sporen abzudienen unter Mir. Wo immer du erscheinst betrittst du Neuland das von dir beackert und gepflegt, erschlossen und begossen werden soll. Du selber wächst an deinem Schicksal und kommst doch nimmer in die Jahre, weil *Ich* in dir das Zeitenlose Bin mit den damit verbundenen bewundernswürdigen Schikanen.

Der ewige Wandel lässt kein Altern zu im Geistessinne, dessen riesige Potenzen strikt von Mir verwaltet werden. Ständig und inständig kann Ich aus dem Vollen schöpfen, das Mir zur Verfügung steht um brillanten Aufbau, Ausbau, Handel und bedeutende Produktionen zu betreiben. Ich Bin wie du vom Nutzen der in Gang gesetzten Werke überzeugt und bilde Mir auf den Erfolg den Ich damit erziele etwas ein. Sind die Deinen auch minim im Verhältnis zu den Meinen, so sehe Ich sie gern mit *Meinen* Augen an und Bin entzückt und ange-sprochen von der Findigkeit die sie hervorgebracht und planvoll ausgestattet hat um sie zur begeisternden Unsterblichkeit zu führen.

Auch für dich ist das bewusste Überlegen Kapital, mit dem enormer Fortschritt und Erfolg gezeitigt werden kann. Was du dabei nur allzugern vergissest ist der Spender dieser fürstlich aufgemachten Gaben, der Ich Bin, und dem du Dankbarkeit und Liebe schuldest für sein unerhört geschmeidiges, kunstvolles, generöses und gutwilliges Verhalten. Da Ich dich Bin gereicht Mir dies zu Meinen eignen Gunsten wie zum Erlangen reiner Freuden, reihend Sieg an Sieg. Du bist dazu von Mir berufen gleiche Wertung zu erlangen und im Gleichschritt mit dem Meinen ins Olympische und ewig Wonnevolle einzugehn.

1.10

Gekonntes stammt aus Meinen Lagern und Gelegenheiten bravourös zu sein in allen Sparten des Erfindens, Fertigstellens und Bewunderns um Mich her. Ausgiebig lass Ich Meine Blicke schweifen über die Erhabenheiten die Ich vor Mir seh. Es sind die Schöpfergeister, deren Namen hier zu nennen wie Trompetenstösse in die Himmelweiten fahren würden. Feurigen Gewissens überwalten sie in Millionenstärke ihres Reiches segenvolle Harmonien, die von ihrem überragenden Geschick beredtes Zeugnis geben. An dir ist es an den Erscheinungen der Welt das abzulesen was sie hervorbringt und was ihnen Schwung verleiht und Eleganz, Gerissenheit und Vielgestaltigkeit von Tag zu Tagen. Du sollst nie glauben, dass das öffentliche Weltgeschehn sich aus sich selber einstellt und zu allem reguliert was nötig ist, um es erträglich, effizient und transparent zu machen für die Myriaden die in seinem Milieu zu leben haben. Wer die eigentlichen Fäden zieht Bin Ich, der Unfehlbare und auf's äusserste Gewissenhafte, dessen Strategie darauf hinausgeht Ordnung, Einsicht und Verträglichkeit im vielverzweigten Menschentum zu schaffen. Damit wird die Lebensfreude und die Redlichkeit, die Toleranz und das Gerechtsein ohne weiteres beträchtlich überwiegen. An dir ist es im Kleinen wie im Grossen tüchtig mitzuspielen in der Kompanie der Überlegten und Verständigen an deren Flair und Findigkeit die Weltgeschäfte hangen. Sie kennen Meine Hand und sind ihr ständig und wohlweislich untertan in ihrem sinngeladenen Gehaben. Das rechne Ich den Involvierten gütlich an und Bin mit ihnen mehr verbunden als sie auch nur ahnen mögen.

Sei auch du geneigt zu den Versierten zu gehören, die in ihrem Sein und Denken Mich zur ersten Stelle setzen, um so im Rennen um den goldenen Pokal die besten Chancen für sich erringen.

1.11

Nur so vor dich hin sollst du im Leben nie marschieren. Es soll immer eine Absicht voll Vertrauen, Redlichkeit und Gottgefälligkeit dahinter stehn, die dir und aller Welt zur Freude und zum Frieden dienen. Schlägst du Noten vor dir auf so sollen sie dich ins Bewusstsein der gottseligen Gesänge führen die bei Mir gang und gäbe sind im Sternenraum wie in seinem wundervollen Alles-Überbieten. Hast du das Köstliche an sich begriffen, siehst du dich zumal in eine neue fabelhafte Welt erhoben. Von Drangsal keine Spur, derweil die Kräfte wahrer Wirklichkeit sich sylphenleicht und seinsgediegen, edelmütig und galant vor dir bis ins Unendliche erheben. Siehst du nun endlich ein, wie fabelhaft sich das zusammenfügt, was Ich dir einst versprochen, und was nun allen Weltseins Kuriosität in makellose Dienstbarkeit verwandelt an der Menschenwesen Sinngedicht und Streben.

Freimütig teile Ich mit dir die Ansicht von der Gotteslichtparade, ob deren Charme und Süsse männiglich entzückt ist und auf's Beste motiviert zu wundervollen Liebestaten.

Wem der grosse Wurf gelingt eines Gottes Freund zu sein der ist über alles Kleinliche erhaben und bewegt sich sagenhafterweis durchs reine Sein, dem alle Mir Vertrauten gütestrahlend angehören.

Wer Ordnung will soll sich zuallererst an Meine halten, denn in ihrem Glanz sind Frieden, Wohlfahrt und Gerechtigkeit vereint zu einem Dreigestirn von sagenhafter Schöne. Blickst du zu ihm auf so strahlen dir aus ihm Glückseligkeit, Erhabenheit und ewige Heiterkeit entgegen. Die Sterne ziehen dein Bewusstsein ins Unendliche hinan und lassen es in ihm voll Wonne transzendieren. Du gewahrst dich als das Schöpferkräftige an sich und schaust ihm förmlich in die Myriaden Strahlenaugen. All-Liebe krönt dein Sein selbander mit dem Meinen und gewährt dir Glück und Seligkeit in nie verebbender Manier.

1.12

Meine Gebote sind nur Angebote nach denen du dich richten kannst, um so in deinem Sein enormen Vorteil zu gewinnen. Befasse dich mit dem was droben ist, dann wird das Untere dich nimmermehr bedrängen. Der Prophet sieht wunderbarerweis das Eine in das Andre fliessen in seiner Sicht auf alles was da *ist* und hin und wider wallt im unaufhörlichen Sein-Sein-Geniessen. Wenn du dich als das Ganze auch noch nicht erkennst, so gehörst du doch zu dem was Ich Mir Bin und darfst vom Geschaffenen sowie von Hintergründigen gehörig profitieren. *Es* profiliert dein Sein beständig bis zu höchsten Meistergraden und versieht dich mit enormem Aufwand mit den allerwürdigsten der Gaben die da sind: Leben und Gedeihen, Halt im Irdischen, lehrreiche Informationen, damit es dir gelingt, allmählich das Unendliche zu erreichen. Es handelt sich um die Bewusstseinssphäre, die dich andockt an die kosmischen, gottseligen Gedanken die Ich alleweil zu unterhalten pflege. Bist du mit ihnen einig, strahlen sie dich freundlich an und lassen dich das Dasein auf's Bekömmlichste und Liebenswürdigste erleben.

Es wird dir auch bewusst sein, dass Ich mit auserlesner Sorgfalt alle deine Angelegenheiten überschaue und sie zu einem guten Ausgang leite und begleite. Das ist seit immer schon Mein Götterstil und glückbereitendes Gehaben, mit dem du dich in guten Treuen solidarisieren kannst. Was heisst: In Mir? Es bedeutet eingesponnen sein in Meine Pläne und Verfügbarkeiten sowie haargenaues Wissen um den Sinn der Welt mit Ihren vielen förmlich aufgesetzten Maskeraden. Bist du im Bild kannst du auch ruhigen Herzens an die Arbeit gehn die dir noch in Fülle ansteht und von Mir bereitet ist, um dich ins Hocherhabne zu erheben.

1.13

Mit silberglänzenden Juwelen will Ich dich behängen, dass du, als Begünstigte der Weltenseele, wie eine Königin einhergehst Meinem Vorbild bestens zu genügen. Unerschöpflich sind die gütestrahlenden Ideen, ob deren Genialität Ich immer diffizilere und überragendere Weltenwerke zu gestalten fähig bin. Sie sind Mir Zeugen eines sagenhaften geistigen Vermögens, das sich als äusserst gencrös und liebevoll erweist im Universenschaffen. Bist du dir bewusst, wie sehr dein Wesen sich als in ein Ganzes eingebunden zu verstehen hat, das sich in väterlicher Weisheit und Gewissenhaftigkeit, Sorglichkeit und Liebe über alles beugt was es geschaffen. Es genügt nicht Schöpferwillen und Potenz zu offenbaren, auch die schaffende Magie und das Geschick in Sachen Selbstentäusserung gehören mit dazu um eins in allem und in allem makellos Einigkeit zu generieren. Es braucht nicht eben viel Verstand dazu um festzustellen, dass du allein für dich nicht fähig bist dich im Leben zu behaupten und aus den kleinsten wie den allergrössten Zyklen heil hervorzugehn. Niemand, der zur Einsicht fähig ist, wird sich deshalb gegen die Behauptung wehren, dass ein Höheres und Allerhöchstes sich auf jeden Fall als Helfer und getreuer Ritter in der Not erweisen muss im ordentlichen Weltenleben. Ich Bin es, den du erst vermutetest um bald gewiss zu sein, dass Ich, mit fabelhafter Schöpferfantasie begabt, dabei sein muss, wenn sich die Menschenkräfte ungebremst in alle Richtungen verzetteln wollen. Da muss ihnen Meine Überlegenheit, Konstanz und Grazie des Himmels sehr gelegen kommen, im Bestreben alleweil zu reüssieren bei den vielen Plänen welche sie sich ständig ins Gemüte treiben. Kooperation ist in Meinem Kräuterladen grossgeschrieben und reagiert auf die Bedürfnisse die sich das Leben zuzieht durch sein blosses Dasein wie durch seinen Drang nach Nützlichkeit dafür. Ich zähle auf die praktischen Vertreter ihrer Gilde und stärke sie mit Meinen gottesherrlichen Allüren.

1.14

Siehst du Mich bei dir erscheinen, um dir reelle Zeichen Meiner Gunst und Güte zu verleihen? Die Zeiten sind nicht fern wo du das Weltengeistige bedeutend dominanter, klassischer und handlicher betrachten wirst als das so viel gerühmte Griffige, mit dem du dich in guten Treuen noch befassen musst in deinen mannigfachen Nöten. Du gewahrst dich als ein Wesen übersinnlicher Natur das den fragilen Körper nur bewohnt, um sich selbst mit seiner Hilfe quicklebendig zu erhalten. Fällt er einstens von dir ab, lebt deines Wesens blühende Konstante frischfröhlich weiter im Bewusstsein ihrer unvergäglichen Struktur.

Was du dir Bist hab Ich als lebenstrotzendes Partikel Meinem Universensein entnommen um es in eine generationenlange Folge von Geburten einzuführen. Dein Leib ist ein Geschenk der himmlischen Gerechtigkeit dir gegenüber, den du bewohnen darfst solang er seinem Dienst genügt. Schroffe Gegensätze sollst du tunlich meiden, das Natürliche verändert sich mit nachahmlicher Geduld in sanften Wellen und genügt sich selbst im Abend- wie in Morgenröten, Frühlingen und Sommern und Gezeiten überall in Meeren wie in langgedehnten Lebensläuften. Du brauchst dich der Sanftmut der bewundernswerten Weltenkräfte nur bewusst zu werden, um allmählich ihren Rhythmen zu verfallen und in ihnen deiner Seele Wohlfahrt, Mustergültigkeit und Wonne zu erfahren. Des Lebens Künste, Günste und Gewinste werden offenbar und spornen dich zum Mittun an im Kreis der Seinsverständigen und Noblen, die des Daseins Trefflichkeit und Würde wohl begreifen. Träger Meiner Weisheit bist du allgemach geworden und Erfüller dessen, was Ich vor Urzeiten intendierte mit des Schöpfungswunders Anfang in des Weltenseins Wahrhaftigkeit, Geruhsamkeit und Lieblichkeit auf myridadenfach belegten und bewegten Sternenbahnen.

1.15

Wie tröstlich ist es für dich, eines Gottes Liebe und Barmherzigkeit an deinem Sein zu spüren, die in alle Winkel deines Lebens reichen und dich selig machen wollen hoch in Himmeln auf der Göttlichkeit bewundernswerten Spuren. Das Richtige und Richtung-weisende ist jederzeit von Mir zu haben in dem du einfach in Gedanken vor Mich hintrittst und Mich bittest, dir den rechten Weg zu zeigen. Die Dinge nehmen weiter ihren Lauf derweil du spürst wie deine Räder runder laufen und die Lebensdinge sich auf eine Weise arrangieren, die verhält und die von Wohlgemutheit, Feinheit der Gefühle und enormem Goodwill zeugen.

So kommst du unbeschadet und diskret voran auf deinen Evolutionenpfaden und möchtest immer neu betonen wie glücklich du bist, dich mit Mir vereint zu haben. Es ist ein seltsam Abenteuer dich an einem Fürstenhofe etabliert und in sein gehobenes Gehabe integriert zu sehn. Jegliche Bedenken sind wie nichts verschwunden und du keimst und spriessest auf wie jugendliche Bäumchen es besonders reizend demonstrieren.

Hast du erfahren wie bezaubernd wahre, wache Hilfe dich berührt, so wirst du selber für dein Umfeld hilfreich werden. Du schaust die Nöte deiner Umwelt mit geschärften Blicken als von ihrem Standpunkt an und weisst dabei, dass sie unmittelbar und unumgänglich auch zu deinem eignen Lebenskreis gehören. Deine Welt wird rund und ausgewogen und besteht aus einer Aneinderfolge von bewusst verschenkten Liebestaten deren Wert und Weisheit weiterum auf beste Weise Schule machen.

Was du so in der Verbundheit mit Meinem Kontex und Gehaben arrangierst, hat Eigenschaften die sich selbst im anspruchsvollsten Milieu wohl sehen lassen können. Deine Züge sind gestrafft, die Wege kürzer, konsequenter und begrifflicher geworden, so dass du bald einmal das Renommee und das Gehaben eines Meisters konstatieren und geniessen kannst als das Ergebnis Meiner Obhut und der genialen Weihung deiner Liebestaten.

1.16

Wer von euch den Willen hat Mir ohne jeden Anspruch tatenkräftig zu gehorchen, wird bedeutend rascher weiterkommen als es vordem möglich war. Seine Grenzen sind bis ins Unendliche verschoben und lassen alles zu, was er noch sein will in ereignisvoll heraufbeschwornen Taten. Seine Segel sind geschwellt von ewig muntern Frühlingswinden und sein Schiff fährt unbehindert zu Elysiens glückseligmachenden Gestaden. Unter Meines Seins befeuernder Ägide driftet auch dein Leben wahren Wirklichkeiten zu, die dir unendliches Bewusstsein, Wendigkeit und sagenhafte Zuverlässigkeit bescheren. Jede Tranche unbeschwerten Lebens die Ich liebevoll für dich ergattert habe, hilft dir sagenhafter Weis voran, deiner Seinsvollendung und Beschaulichkeit in Mir entgegen.

Du erntest grossen Beifall bei der Präsentation der Künste die Ich dir für's Erste wie fürs's Letzte beigebracht und im Gewissen eingetrichtert habe. Ich Bin die Wunderquelle deiner Fantasie von deren Köstlichkeit du zehren kannst so viel es dir behagt auf den majestätisch von Mir abgesteckten Runden.

Wirklich relevant in deinem Dich-Behaupten sind nur die Werte die Ich dir gütig zugehalten habe. Sie bewirken deine Meisterschaft in allen Disziplinen, die du zu erfüllen hast in weltlichen Belangen wie in himmli-schen auf deiner Fahrt in Meine hochsensiblen Geistes-höhn.

Nur mit Mir vereint kannst du die Klettereien, die Ich vor dich hingestellt, mit siegessicherer Gelassenheit und Anmut überwinden. In Meinen Hochsinn eingebettet lässt sich für dich alles trefflich an und schlussendlich langst du beim Erkennen deiner selbst als Mich glückselig und voll heitrer Wonne an.

1.17

Mit Klarsicht und Geschmeidigkeit wirst du den Ehrenpreis gewinnen, den Ich für dich bereitgestellt und auf den Scheffel hochgehoben habe. Du hast ihn redlich und gewissenhaft verdient in deiner Art die Dinge anzupacken und unter Meiner Leitung und Gewähr als Wunderwerke zu vollenden, makellos, beglückend und auf's Äusserste gediegen. Du gewinnst den Durchblick, von dem Unteren zum Oberen und siehst wie ärmlich noch die meisten Weltgeborenen noch in ihrem kleinkarierten Reich agieren. Sie verbraten ihre Tage und unterlassen es, sich freiere, erspriesslichere und freudenvollere Ideen zuzulegen. Ich aber geb dir zu verstehen, dass du im Wesensbund mit Mir unübertreffliche Gestaltungen und Manifeste vorzutragen fähig bist, die deine wahre Grösse und damit auch Meine auf's Vorbildlichste zur Geltung bringen. Deine Erdentage sind gezählt, doch nur im Sinn der Herbstlichkeit der allgeduldigen Natur. Blüht sie jeden Frühling auf so blühst du in der Geistwelt wieder als das Wesen der Unsterblichkeit das du dir Bist in Mir. In dieser Perspektive kannst du jederzeit gewaltige und geniale Weltenpläne auferstehen lassen, die der Menschheit Frieden und Verträglichkeit, Ausschöpfung ihres Fantasiepotentials und auserlesne Würde bringen. Erhabenheit ist ihre Zierde und Gottseligkeit ihr Los.

Du gedeihst, wie immer auch die Widerstände sich gestalten mögen; du siehst dich selber als erfolgreich an in dem Mass, in dem du Mich erkennst als Handelnder und Wandelnder in dir. Welche Ehre, des Universengottes Gleichnis und Gespiel zu sein, welche Dankbarkeit, von ihm in Dienst genonnen und dabei gestählt, veredelt und bewusst zu werden. Reif bist du geworden für das Grandiose, das Ich von der Zelle bis zur Himmelszirkulation der Sterne ausgedacht und zur Verwirklichung verdichtet habe. Diesem alles überragenden Prozess bist auch du angeschlossen und darfst dich rühmen, Seinsgefährte und Vollbringer eines Weltbefehls zu sein von sinngeladenen und wunderbar beglückenden Dimensionen.

2

Lebenshintergründe

2.1

Sanktionen wird es bei Mir ständig geben mit der Absicht, Ordnung in der Welt der brausenden Gefühle und Respekt der Wesen eins dem andern gegenüber zu bewirken in der Lebenstage ständigem und unerhörtem Stossen. Klapperst du so klapperst du in Mir derweil du plapperst alles nach was Unberechtigte zur Weltenlage spintisieren. Sie haben unrecht in dem Masse wie sie Meines Universenseins Befindlichkeit mitnichten in Erwägung ziehn. Ich flüstre ihnen Wahrheit zu, doch sie sind unreif sie zu hören und in ihrem Takte durch die Zeit zu streifen.

Gerade dir ist es von Mir geboten deine Willenskraft zu stärken und damit deinen Sinn zu ändern in Bezug auf das was wirksam ist im Lebenshintergrunde und was wirklich zählt auf deinem Gang in unermessne Tiefen. Glaube Mir, wenn Ich dir zu verstehen gebe, dass das von Mir kreierte Weltensein zuinnerst und zuvörderst immer gut und prächtig, seinsberechtigt und erhaben ist über kleinkariertes Denken, Disponieren und erbärmlich zögerliches Tun. Straffst du deine Zügel bleiben deine Lebensdinge stehn, lässest du sie locker, reitet das Begonnene behend in deines Reiches Reichtum und Behagen.

Legst du Wert auf artige Manieren kannst du unbesorgt in Meine Lehre treten. Ich stilisiere dich zum Liebling kommender Geschlechter die an dir ein trefflich Vorbild und bildhübsches Beispiel eines Avancierten zu erkennen glauben.

Was an dir gekonnt ist sprudelt dir aus Meinen götterlichten Schalen zu und belebt dich mit erspriess-lichen Gedanken, die allesamt das Beste für das Welt-gedeihen in sich tragen. Opferst du Mir deine Zeit, so will Ich dir den Gang in Meine Zeitenlosigkeit gewähren, wo dich aller guten Dinge Überfluss erwartet und dein Seelensein ins Götterlichte und Glückselige, Vertraute, ewig Heitere und Meisterliche sich erhebt.

2.2

Wer A sagt muss zugleich für's B zu haben sein, meint
der vife Philister, befolgen aber tut er's nicht, weil er die
Arbeit scheut, seinen Geistesgarten tüchtig umzugraben.
Solche Spässe kommen nicht gut bei Mir an. Sie besudeln
Meinen fabelhaften Ruf und halten viele dazu an, auf der
faulen Haut zu liegen. Vor was Ich dich inständig mahne
ist, dir allzuviel auf einmal vorzunehmen. Das trägt dir
das Dilemma ein zu hasten oder aufzugeben und kann
keinenfalls zu Meinen Gunsten sein im Zeitenlosen. Was
schicklich wäre weisst du schon, doch will Ich es dir
liebend gern zum x-ten Male unters Näschen reiben: das
Bewusstsein von dir selbst sollst du trainieren bis zum
Punkt der ewigen Bekömmlichkeit am Sein und Leben an
welchen du dein Freisein feiern kannst von jeglichem
Bedenken. Die Seele sieht sich aufblühn wie in einem
Rosengarten und lächelt allen, die ihr dort begegnen,
Weisheit und tiefinnige Dankbarkeit entgegen.

Wie vom Weltgeschehn verblendet gingst du mühsam
deiner Wege bis dich Meine Fülle überholte und dir
offenbarte, welcher Friede alleweil in Mir zu finden war.
Das Gesetz der grossen Zahl verliert sich mählich in den
Himmelssphären wo für Myriaden nur das Eine waltet
das Ich Bin und das sich dir in seliger Vertrautheit
anschmiegt und gelassenem Sich-Dir-Verehren. Komm
bedeute Ich dir mit dem Vorsatz Mich nimmer zu
verlassen und in Zukunft alle deine Wege seelenvoll mit
Mir zu gehn. Ich Bin dir väterlich und mütterlich gesinnt
durchs Zeitliche, mit dem Ich dich bedenkenlos
vermähle. In Meinen Seinsbezirken ist dir wohl und
Meine Helle überfliesst dich wie der Sonne unermessnes
Sich-Verstrahlen. Ergib dich Meines Wonneseins
natürlicher Behutsamkeit wie Meinem Mich-Dir-
Offenbaren in der Einheit allen Seins wie in der
Wohlbesonnenheit mit der Ich dich in Meinem Reich voll
Anmut, Lauterkeit und Himmelsgrazie umwebe.

2.3

Ebenerdig soll für dich das Leben nimmer sein derweil du Mich in Meiner Hoheit und Gelassenheit erkannt hast als dein eigentliches Ideal. Aus dem was Ich Mir Bin ziehst du Unendliches an Mehrwert für dein Leben und eroberst dir die Position elysischer Genügsamkeit an allem was du hast und haben kannst von Mir. Ich rette dich aus der Verlorenheit des Zeitlichen in eine Weise fabelhaften Findens die dir wohl bekommt beständig mehr. Du lernst und lernst an jeder Episode deines Dich-Behaupten-Wollens, dass es ohne Mich nicht geht und dass dir nur das Seinsvertrauen wirklich hilft, in deiner Abergründigkeit in allen Ehren zu bestehn.

Deine wahren Werte zu erfahren gehst du aus und kehrst mit der enormen Einsicht wieder, dass nur des Verzeihens Gabe weiterführt auf schmalem Grat im Hochgebirg zu Mir. Im Dich-Entfalten-Wollen sind dir Meine Attribute in der Tat zuallererst vonnöten. Ergreifst du sie wird endlich alles gut und trägt dir Früchte ein unendlicher Natur. Sie sind es die dich ins Allmenschliche erheben und dir Trost und Freude bringen mitten in des Lebens Widersprüchen und Banalitäten. Durchschaust du was da abgeht, bist du fähig dich im Zaun zu halten und deine Rechte hinter die der anderen zu stellen damit Friede eintritt, Toleranz und Zartheit des Begegnens.

Von den kapitalen Niederungen steigst du mählich auf in Meiner Höhen wirkliches Gedeihen und darfst dich angenommen fühlen in den Rängen Meiner Huld und Ungeduld dich nah bei Mir zu haben. Das geht Hand in Hand mit der so köstlichen Gestalt der Lebensliebe, deren Wohlgeformtheit dich in Höhen führt von wahrhaft götterlichter Dominanz wie von unendlichem Erstrahlen.

2.4

Konstant und konstruktiv gehst du durchs Leben, wenn du Mich als Ausgangspunkt und Ende aller deiner Äusserungen und Bestrebungen erwählst. Worauf *Ich* zähle wirst auch du dich felsenfest verlassen können. Worauf *Ich* Punkte setze setzest du genau so gut die Deinen. Du bist der Abglanz Meiner Milde, den Prinzipien gehörig, nach denen Ich erfolgreich operiere.

Was kannst du kennen lernen ausser Mir der Ich ob dem Partikularen alles Bin was *ist* und darauf spekuliert bewusster, eigenständiger und überragender zu werden. Willst du ins Unendliche entgleiten ist es angebracht und weise dich in deinem Reich gehörig zu entfalten um auf diese Weise völlig in Mir aufzugehn. Gelockert muss das Festgefahrne werden und gesiebt das Buntgescheckte damit sich alles in der Einheit wiederfindet die es einmal war.

Sieh dich durch die Brille der Verjüngten an, die das Zeitenlose, Alterslose, Unverwüstliche für sich entdeckt und auf alles was sie von der Welt und von sich selber halten, angewendet haben. Das ergibt ein Bild von allgemeiner Stärke, Siegessicherheit und Lebensharmonie, das nimmermehr verwischt und ausgerottet werden kann.

Wer ist der Herr? Du kannst ihm ähnlich werden oder gar ihn selbst, wenn du Seinen sagenhaften Intensionen Folge leistest bis zum letzten Grad in deinen Lebensmühlen. Immer wird die Wertung gradewegs durch Mich erfolgen, derweil die Makellosigkeit und Treue, Zuverlässigkeit und Dankbarkeit obsiegen. Trachte danach alles auf denselben Nenner, nämlich Mich, zu bringen. Der Zähler Bin Ich sowieso in allen Reichen, Richtungen und Funktionen. Beginne *Mir* nach dich in Universenweiten einzufühlen und dem Kleinen Minikrimes wie dem Grossen Grandioses zuzuschreiben. Dein Bewusstsein wird sich weiten bis ins kosmische

Allhier und wird sich selbst in Mir Glückseligkeit bereiten in elysischer Manier.

2.5

Konkret gesagt verlange Ich von dir, dich als Seinsverständiger und damit als Seliger zu erweisen. Du raffst dich dazu auf, zu unterscheiden was du dir als Oberes und was als Unteres bedeutest, denn erst als beides bist du ein vollendetes Geschöpf in welchem auch des Schöpfers schaffendes Genie erkannt wird und gewürdigt in verehrenswertem Wohlgeraten.

Du brauchst kein Seher und Prophet zu sein um festzustellen, wie komplex dein Wesen strukturiert und modelliert ist, nicht aus sich selber, sondern aus dem sagenhaften Seinspotential das Ich bedeutungsvoll vertrete in des Alls Geschichte und Curriculum.

Du magst dich als Gestrandeter und Ausgestossner fühlen, derweil Ich dich schon lange, ja schon immer, in den Kreis der Ehrengäste und Vertreter Meines Reichtums aufgenommen habe. Wie könnt es anders sein, als dass Ich Mich auf eine Weise präsentierte, die alles darstellt was Ich Bin, wenn Ich nicht den geistigen Aspekt besonders liebevoll behandeln würde. Du ahnst noch kaum, wie dominant das in dir Wirkende und Webende in Wahrheit ist, das Ich dir Bin und das die Basis darstellt die dich dazu fähig macht als Mensch zu existieren und voll Tatendrang zu leben.

Es ist so wichtig, dass du Mich als deines Daseins ständig strömende elementare Kraft erkennst, ohne deren Beistand du dein Dasein keinen Augenblick geniessen könntest. Danke ihr und damit Mir für was du Bist und darstellst als umfassendes Gebilde und Bewusstsein, menschliches und götterlichtes Element voll Himmelsgrazie und Gnaden, Auserlesenheit und Heiterkeit in immerwährender, glückseligmachender Manier.

2.6

Achtest du auf deine Welt wird auch sie dich ihrerseits auf's Tunlichste beachten um sich schlussendlich deiner Würde würdig zu erweisen. Du bist nicht besser als dein Nachbar und kannst auch nicht schlimmer sein, derweil Ich ohne jeden Zweifel in euch beiden wohne. Mein eminenter Einfluss reicht vom Käferchen bis zur kräftestrotzenden Platane und vom Krebschen bis zum neugebornen Säugling, dessen erster Schrei das Mutterherz erzittern lässt in heiliger Sorge um sein Wohl.

Was bildest du dir ein gerecht zu sein, wo noch so viele Wolken deine Klarsicht trüben und wo dein schwacher Wille Grandioses will gebären. Schwerfällig tappst du viel zu nah am Porzellan herum und drohst beständig es mit deiner Plumpheit zu zerschlagen. Noch ist nicht aller Tage Abend und die Himmelswürfel sind noch nicht gefallen über dir. Ich halte sie zurück um dir Gelegenheit zu geben Meinem weisen Vorbild in dir strikt zu folgen und um damit Harmonie und Herzensfrieden hinzukriegen.

Deine Leistung lohnt sich nicht, mit anderen verglichen und gelobt zu werden alsolange wie sie ohne Mich vollzogen und am Ende leergesogen wird. Was *Ich* dir vermittle trägt das Siegel der Vernunft wie das der Wohlbekömmlichkeit an Meinem Fürstenhofe. Es zeigt dir wie Ich Bin ohn' jegliches Bedenken eine füllige Statur voll Rechtsgelehrtheit, Fabelhaftigkeit und Herzensfrieden. Manchen Traum magst du dir vor's Gemüte tragen, doch in diesem liegt die Würze aller Ebenmässigkeit, Gerundetheit und beispielloser Solidarität mit dem gesamten Weltenwesen. Du trägst dich als ein Gott in die unendlichen Register ein und bist es auch in Mir und wegen Mir und Meinen nie verebbenden glückseligmachenden Gebärden.

2.7

Du bist ein rechter Tölpel noch vor kurzer Zeit gewesen und nun strahlst du aller Welt Vernunft, Genie und Mustergültigkeit entgegen. Das kann nichts anderes bedeuten, als dass Ich dich erkannt und mit Gottseligkeit geschwängert habe. Ein neuer Stamm voll Menschengüte und Bescheidenheit, Erhabenheit, Gelöstheit, Himmels-grazie und scintillierender Natürlichkeit wächst unter Meinem Schutz heran und sieht sich wunderbarerweis von Mir ins Ewige getragen. Es liegt an dir dich so vernünftig zu benehmen, dass Ich auf dich aufmerksam und für dich rühmlich werde, um deine Position im Universum um ein Merkliches zu heben. Es wird dir freudevoll bewusst, dass du Mein Seinsgefährte bist in ganz natürlicher und logischer Manier, der weder einem Mangel unterworfen ist, noch einem schädlichen Zuviel in seinen Lebenssituationen. Alles was du Bist erfüllt sich nach des Himmels Mass und Regel und bedeutet für dich Ordnung, ewige Wonne und Glückseligkeit des Herzens ohne jemals zu versiegen. Dein Alltag ist geprägt von Wachheit, Rücksicht gegenüber allen, die da deine Seinsgefährten sind, sowie von einem Weltbe-wusstsein kosmischer Dimension.

Eine vife Menschheit wächst in eine Zukunft reiner Edelmütigkeit hinan, die sich ihrer wahren Grösse, Geistigkeit und Seinserhabenheit bewusst ist, ohne je nach Minderem zu schielen. Du trägst in ihr die Siegestrophäe in erhobnen Händen und bekennst dich liebevoll zu dem der alles *ist* und dem du in der Folge pflichtig des Tributs bist, den es von dir verlangt als deines Herzens Dankbarkeit und Edelmut, Bewegtheit und konstante Allegrie.

2.8

Ständig wanderst du ins Wunderbare und Gediegene hinein, sowie du Mich in dir erkannt hast wie in allen deinen vifen Operationen. Ziehst du deine Drähte musst du wissen, dass sie bis ins letzte Detail von Mir mitgezogen werden. Dein Resümee und folkloristisches Getriebe untersteht schon immer Meinem Hauptverlesen, in welchem sich die Lebensdinge bald einmal im hellen Lichte zeigen und von Mir geehrt, getadelt oder weise übergangen werden. Es gilt wie eh und je das Wort: Ich lasse dich im eignen Safte schmoren solange bis du reif bist Meine Hilfe zu erflehen und dabei festzustellen, dass Ich Bin doch über dich bis ins Unendliche und Aberwillige erhaben.

Ich mische deine Karten und lege sie dir offen auf den Tisch, doch du willst du sie wie nicht auf dich gemünzt verstehn. So bleibst du ungesäumt an ihrer Deutung, wie ein Silberfischchen, an der Angel hängen. Besser ist es für dich Meine Gnade anzuflehn, damit Ich dich dem Wasserelemente überlasse wo du besser schwimmst als in der Bratensauce. Haarklein ist dir die Lebensrichtung von Mir vorgegeben und zur gefälligen Beachtung unbedingt empfohlen. Bist du weise weisst du immer was zu tun ist und geruhst es auch voll Eifer auszuführen. Das ist dann die Wende vielgeliebtes Wieselchen, derweil du lässest dich getrost im Schatten Meiner Palmenhaine nieder. Meinen klugen Rat gebührend in dir aufzunehmen ist das Erste - und das Zweite ist ihn strikte zu befolgen deinem Seelenheil zuliebe wie auch Meiner Grazie die alles segnen und befördern möchte was Ich universenweit erschuf. Meine Segel stehen ständig auf glückselige Fahrt ins Ungewisse wo in ewiger Majestät das kosmische Bewusstsein herrscht mit allen seinen Sicherheiten und Glückseligkeiten, Wesenheiten und Verbindlichkeiten in der Einheit Meiner dominanten, zärtlichen Brigade.

2.9

Von Malheur ist bei Mir nie und nimmer auch nur ein Gedanke oder Fingerzeig zu spüren. Ich drehe alles was in Meinem Freiheitsdrang geschieht schlussendlich doch zum Guten einer Zeit des Wohlstands wie des Früchtebringens ins Allhier. Genau dasselbe soll nun auch dein Job und deine Sorge sein, damit Vernünfteleien nach und nach verschwinden und die göttliche Vernunft zum Zuge kommt in allen Seinserweiterungen, Motivationen und bewundernswerten Schöpfungen nach Meinem Stil. Du schaffst es ohne weiteres nach Meiner richtungweisenden Regie geniale Werke zu kreieren, die von Meiner Gunst und Kunst zu Sein beredtes Zeugnis geben.

Gottbegnadetes sollst du nur mit dem Glacéhandschuh ehrfurchtsvoll berühren. Es verdient hoch auf den Sockel der Bewunderung gestellt und liebevoll begrüsst zu werden. Das ist dann die Erfüllung Meiner Absicht Fröhlichmachendes und Wohlbekömmliches zu schaffen weit und breit und bis ins Unermessliche hinein. Dort aber sieht sich dein Bewusstsein mit den Geisteskräften konfrontiert, die ihr Dasein in gottseliger Beschaulichkeit erleben. Es gibt ein Sprichwort das heisst: Alles in Gott ist in Holdseligkeit getan solang die Meinungen nicht kontrahent sind sondern gleichgestimmt und seinsgediegen. Sprichst du spanisch spreche Ich dir jede Silbe vor und nach und empfehle dir in aller Form, Meinem Lispeln aufmerksam und voll Interesse zuzuhören. Du stehst in Seinsverbindung und Regie mit allem was du anrührst und ihm Sagenhaftigkeit verleihst auf deinen Runden.

Hier werde Ich, Gewaltiger der Sphären und Vollbringer von erstaunenswerten Heldentaten, überall herumgeboten. Immens ist der Respekt den alle Seinsgeborenen im Herzensgrunde vor Mir haben. Das ergibt ein Team von überaus gefälligen und sieggewissen Potentanten, denen man schon an der weiten Aura ansieht, welche Seinsbegeisterung und Daseinsfreude sie für sich errungen haben.

2.10

Jedem sein eigener Stern, ist hier zu sagen, im Vollwert seiner Qualitäten wie in der Begründung einer Nation von Geistgewandten, die voll Stolz das Siegel der Gottseligkeit auf ihren Häuptern tragen. In ihnen ist das Künftige begründet das sich in den Regionen von Verlässlichkeit, Behutsamkeit, Vertrauen und Entschiedenheit bewegt. Sie künden auf was störend wirkt auf ihren Wandelgängen und setzen alles daran, ihrem Volk gemäss solvent im Geistessinne und bewusst daraus hervorzukommen. Es geht akkurat um dich, wenn Ich gehörig auf die Pauke haue und verkünde, dass nur die Reinen, Edelmütigen und Unbescholtenen in Meinem Reich zum Zuge kommen. Ihnen wende Ich besondre Sorgfalt zu, um ihren Geistesaugen die bewundernswerte hochgebendeiten Sphären deines Daseins Equilibrium und Meisterschaft erfahren Situation zu offenbaren in der sie sich von Ewigkeit zu Ewigkeit befinden. Sie *sind* und dürfen von sich sagen, dass ihr Weitblick über Generationen reicht bis hoch hinauf in ihre Wesensgründe, wo Himmelsanmut, Frieden, Freude, Seinsbegeisterung und Wonne am geklärten Dasein herrschen. Es ist das Glück der Sterne das ihr Herz bewegt und das Bewusstsein kosmischer Natur in dem sie ihre Zelte aufgeschlagen haben. Nun frage Ich in allem Ernste: Willst du nicht wie diese Glücklichen in hochgebenedeiten Sphären deines Daseins Equilibrium und Meisterschaft erfahren? Sie haben es geschafft, in Gedanken und Gefühlen willensstark sich aus den Niederungen existenzieller Ängste zu befreien, um in Meinem Geistgebirge Höhenluft zu atmen und sich als frei und unbeschwert zu definieren.

Sie erwachen wie aus einem Traum und stimmen eine Melodie der Seinsbewusstheit, Lebensliebe und Vertrautheit mit dem Ewigen an, die sich wohl hören lassen darf in allen Lebensreichen und Erhabenheiten geisteswirklicher Natur. Ihre Zukunft ist das einzigartige, erstrebenswerte und gottselige Idol des Einigseins mit allem was da *ist* und was die lauschenden Gemüter und erlösten Seelen inniglich bewegt fürs Zeitliche und Ewige in Meinen strahlenden Unendlichkeiten.

2.11

Betest du so bitte um die Seinserkenntnis die auch Mich zutiefst bewegt und Mich fähig macht weit über allem Weltentand und aller Weltenhörigkeit zu weilen. Ich erhorche Mir den Geisteston und folge ihm hinauf in die Gefilde strahlender Unendlichkeiten wo Frieden herrscht, Beglückung und die Grazie der Gottseligkeit in Mir. Sende du Impulse ins Unendliche deiner selbst um dich in ihm von aller Trübsal deiner Illusionen zu erlösen. Ich will, dass du wie von dem Schlafe aufwachst im Bewusstsein deiner Herrlichkeit und deines Ruhns in Meinen segenvollen Händen. Die Spitzen der Bedrohung brechen ab und die Empfindsamkeit für Meine all so sanfte Gegenwart nimmt zu in wunderbar beseligenden Massen. Dir kann in der Verklärung deines Wesens nichts geschehn was Bosheit ausgebrütet hat; hingegen wirst du dich, von Meiner Botschaft inspiriert, auf einem Höhengrat zu Mir bewegen. Ich verleihe deinem Geiste Flügel die ihn fähig machen tiefste Schrunden mühelos zu überwinden, um in Meiner Hemisphäre innige Genügsamkeit zu finden. Locker und gewandt bewegst du dich im Gleichmass mit dem Meinen himmelan, das heisst, du siehst dich als ein Wesen von unendlicher Beständigkeit und Harmonie das immerfort die schöpferischen Qualitäten auslebt die ihm eigen sind und es zutiefst beglücken in den Siegen die sie ihm bescheren.

Meine Tugenden sind Legion und dich in Mir zu finden ist ein überragendes Ereignis das an Festlichkeit und Würde, Überlegenheit und Grazie nichts zu wünschen übrig lässt. Ich verteile Meine Brötchen gerne an die simpleren Gemüter, die nicht vom Wissenschaftlichen betört sind und auch keine Spitzenstellung in der Weltrangliste der Gewinner vorzuweisen haben.

Schlichten Herzens lassen sie sich in den Seinsoasen Meiner Art und Weise nieder und sehen sich entzückt von dem was sie fortan im Herzensgrund erleben. Freundlichkeit und Unverzagtheit strahlt den Suchenden des Daseins Heiterkeit entgegen und lädt sie dazu ein dieselben Qualitäten ständig zu erstreben.

2.12

Ellenlange Sermons sind Mir nicht genehm, wenn sich mit wenig Worten Wesentliches lässt besagen. Es gibt ein Ja Ich Bin und dann unendlich wirkungsvolles Schweigen. Wortlos war des Seins erhabene Struktur, eh es begann, sich ins Konkrete auszuformen. Bis jedoch Laute komponiert und ausgesprochen werden konnten, mussten deren Träger ausgedacht und in die Wirklichkeit erhoben werden. Evolution ist eine Sache überirdischer Vernunft und seinsgemässem Handelns, deren Züge dir durch Generationen immer deutlicher und wesentlicher werden. Mein Teil ist es, im grandiosen Weltenschaffenden zu wirken, der deine, auf der Planetenebene von Meiner Genialität, Subtilität und Redlichkeit zu zeugen. Geht es nimmer ohne Mich so kann es ohne dich genauso wenig gehen, derweil du Meines Seiens Paternoster, Makellosigkeit und Fantasie vertrittst, recht eigensinnig oder ganz nach Meinem Willens Seinsverfahren.

Ich lasse Meinen Geisteshauch voll Liebe über deinen Scheitel fahren, dich segnend und zur Güte motivierend unermüdlich und global. Das zeitigt Wirkung im gemessenen Äonenschreiten und erhebt die Menschheit mählich in die Regionen Meines Brudersinns wie in die Produktivität nach *Meinem* Sinn und Geist die zur Gemeinschaft, zur Bewusstheit und schlussends zur Harmonie und zum ersehnten Frieden führen.

Willst du glücklich sein so kann das nur in Mir geschehen. Meine Züge formen dich zu einem Wesen wahrer Gottgefälligkeit und Menschenliebe, Seriosität,

Warmherzigkeit und Einsicht in Mein Sein und Wesen. Die Vollendung Meiner Pläne liegt in dir, der Ich dich Bin, und der nicht ruhen wird bis wieder Einsicht in die Einheit aller Dinge herrscht in den Gehöften Meiner Zunft wie im unendlichen Gefüge, dessen Sternendeutlichkeit den Zauber ausmacht über den Ich frei verfüge und der in Universenpracht als Sinnbild Meiner selbst erblüht und Seinsglückseligkeit verkündet richtungweisend, seelenvoll und wunderbar.

2.13

Ich verkünde nicht nur was zu tun ist, sondern anerbiete Mich gleich selbst, es Meiner würdig zu vollbringen. Das muss vor allem auch mit dir geschehn. Die Sehnsucht nach Perfektion ist tief in deinen Sinn gegraben und befähigt dich, genausogut perfekt, erfinderisch und effizient zu sein wie Ich es Bin in Meinen götterlichten Dispositionen. Weder mager noch zu fett soll jede Sache werden, der Ich Mich mit Andacht und Gewissenhaftigkeit verschrieben habe. Die genaue Mitte einzuhalten fällt Mir nimmer schwer, der Ich überall der Dinge Mass Bin im Begriffe Meiner wohlerwognen Aktionen.

Gestehst du Mir dein Unvermögen ein, im Equilibrium zu leben zwischen allzuviel und herzlich wenig, kann Ich dir die Mittel offenbaren die zu Ausgewogenheit und tiefem Frieden führen. Es sind die Iden reinen Seins zu denen Ich dich führe und dich ihnen präsentiere als Lerner in den Fächern Toleranz, Zufriedenheit und Gottesminne, damit sie dich berühren und schlussendlich rühren mögen. Du bist Mir immer näher zugewandt im Wohllaut ordentlichen und verehrenswürdigen Benehmens. Das führt dann zur Erkenntnis deiner Position im allweltlichen Gefüge und mit besonderem Nachdruck auf dem Herzensbund mit Mir. Du bist und das will für dich heissen, dass du nie und nimmer mehr vergehen kannst als Wesen der Allherrlichkeit, der Seinsvertrautheit wie des kosmischen Bewusstseins im Allhier.

„Ich Bin was alle andern sind: Das Sein", sollst du dir hundertmal am Tage wiederholen. Gestalte fortan was du willst nach dieser Herzensmelodie, deren Schönheit und Bestimmtheit alles übertrifft was dich vordem zutief berühren konnte. Das „Ich Bin" ist bei dir Tag für Tag für alle Ewigkeiten und behütet dich und sorgt für dich an erster Stelle als Allmutter und Allvater in der Liebe des gerechten Handelns am Geschaffenen und demnach akkurat an dir. Du Bist in Mir dem strahlenden Glückseligsein verfallen und bewegst dich in den Tänzen reiner Wonne wie im Jubel des Holdseligseins in Meinen Sternenweiten.

2.14

Auferstehung heisst: das Sein erkennen das du Bist und das an jeder Universenstelle in sich selber ruht als Nonplusultra der Glückseligkeit und Schöpferkraft, des Selbstbewusstseins und der weisheitsvollen Tat. In Mir bist du geschaffen und vom Wahn des Eigenseins erlöst. Dein Wesen *ist* und muss die Zeit wie die Vergänglichkeit nicht kosten allsolange wie es sich in Makellosigkeit und Redlichkeit von Mir durch's Leben führen lässt voll Herzenswonne und Gedeihen. Magst du Mich so magst du alles was es für dich braucht um dich als seinsnatürlich und gehaltvoll, tolerant und lebenstüchtig zu erweisen. Mein Metier seit Urzeiten ist es die Gefallnen zu erheben, den Verschlafenen ein Wecksignal zu senden und die Seinsberufnen sachte heimzuführen in Mein Reich der Seligkeit und Harmonie zu Zweien und zu Dreien und zu Myriaden im gesegneten Allhier.

Alle Menschen zur Gottseligkeit zu leiten ist die Zierde Meines Hoffens wie der Grund für Meine Wertbeständigkeit im Grünen. Erfüller Meiner Strategie zu sein ist offensichtlich die Devise auf die Zukunft hin die Ich dir auf Herz und Zunge lege. Sie strikte zu befolgen führt unweigerlich zu deinem Wohl in einer Wirklichkeit von höchstem Rang und wunderbarer Unbeschwertheit in elysisch aufgemachten Lagen. Ewig heil bist du geworden, heiter und vergnügt in allem was Ich Bin und was du Bist in deinen ungezählten Operationen. Im selben Sein gediehen treten wir selbander zu derselben Arbeit an nämlich: Das Vorhandene zu schützen und zu mehren, zu ehren und schlussendlich in ein Paradies von erster Güte, Qualität und Überlegenheit zu führen. Endlich haben wir das Heile, Heilige dem Wirren vorgezogen und beschäftigen uns damit, die Talente in und um uns zu befördern und den Sinn und Sinnen neue Werte, Wirksamkeiten und Verdienste zuzuführen. Das vollzieht sich heiter und gelassen, ruhigen Gewissens und voll Grazie am Liebeswerke das wir tun.

2.15

Der Wille zu genesen führt dich Mir unweigerlich und stetig zu in allen Phasen deines langgedehnten Daseins hier und dort und dort und hier in hunderttausend Variationen. Du erkennst, was so viel andere nicht kennen, den enormen Adel deines Wesens das aus Meinem Hause stammt und durch die Generationen sanft hinuntersegelte ins Jetzt der Gegenständlichkeit im weltlichen Betrieb. Du wusstest lange nicht das Leibliche vom Geistigen zu unterscheiden und verinnerlichtest damit die Verwirrung die in abervielen Köpfen herrscht, der Definitionen wegen die sie ungeniert und keck zum Besten geben. Da wird behauptet, dass die Auferstehung in dem Fleisch geschehe, das dann um die Knochen schlottert die schon längst vermodert sind. Dort nimmt man an, dass man die neuerstandnen Wesen doch berühren können müsse, weil sie sonst nicht seien was man zählen könne in der aberweit verbreiteten und wohldotieren Lebenslotterie. Fakt ist, dass zu allen Zeiten nur des Lebensgeistes wunderbares Scintillieren wirklich war, derweil die niedrigeren Schwingungen und Kraftgebilde, Sichtbarkeiten und bewegten Körper de facto bodenständige Illusionen waren und noch immer sind.

Nicht das Illusorische an sich ist problematisch, sondern, dass es von den Menschenmassen nicht erkannt wird als der Schein des Scheinens und der Abglanz Meiner Majestät im Unsichtbaren. Somit muss es deines Willens unerschöpfliches Gepräge sein, diese Meine frohe Botschaft von dem Sein an sich in alle Winde zu verbreiten, damit sie wirksam werde, friedenstiftend und ins Geistige erhebend.

Was du Bist ist demnach eine faszinierend präsentierte Volte Meines Flügels der Allherrlichkeit, die sich bis ins Unendliche erstreckt und Wohlfahrt zeitigt, Schönheit und gottseliges Agieren.

3

Pracht unendlichen Gedeihens

3.1

Das Dünngesäte fasst doch Fuss wo immer es von Mir gepflegt und hochgezogen wird voll Pracht unendlichen Gedeihens. Ausgezeichnetes ist ständig Meiner Offenheit und Meinem Einfluss zuzuschreiben. Nimm dir das zum Beispiel für dein eignes Handeln wie für den Erfolg der daraus resultiert, dass du gesellig wirst mit Mir und Meinen überragend motivierten Seinsbewussten.

Es geht in aller Welt die Sage um von Meinen makellosen Meistertaten, deren Glanz und Glamour männiglich entzückt und wie auf Wolken schweben lässt in ihren beutegierigen Gemütern. Das Hin und Wider Meiner Dispositionen zwischen dir und Mir muss unausweichlich Mehrwert zeitigen, Verständnis und Erhabenheit im Denk- und Fühlraum, den wir hoffnungsvoll für uns gepachtet haben.

Alles Irdische muss dem bedeutungsvollen Seinsgesetz gehorchen das da heisst: Der Friede herrscht wo Liebe tätig war und wo die Prophezeiung wahr wird, dass an Meinem Fürstenhofe nur das Makellose und Verehrenswerte, Sinngeladene und Liebenswerte toleriert wird, gnadenvoll und seinsgediegen.

Du sollst dich mit Mir auf den Sockel der Vernunft, Rechtschaffenheit, Geduld wie des Vertrauens in Mein Weltgefüge stellen und damit den Schritt ins überirdische Gedeihen tun, der dir wohl ansteht und dich glücklich macht in deiner Seinsverfassung, Seriosität und Wohlbekömmlichkeit am Leben. Meine Künste sollen deine werden, Mein Revier der guten Hoffnung soll um deins verlängert und dein guter Wille soll von Meinem ganz durchdrängt, veredelt und geschliffen werden bis in ihm Vollkommenheit erreicht ist in unendlichem Genügen.

3.2

Wo ist der Ort an dem du dich als wirklich gegenwärtig fühlen kannst, wenn nicht in Mir dem Allumfassenden und Sakrosankten in des Seins ergreifenden und makellosen Zügen. Daher rette sich wer kann in Meinen so bezaubernd sicheren Hafen. Durchhaltewillen, Tapferkeit und Fassung halten dich auf Trab um deiner selbst wie Meiner Hoheit Willen, die nur darauf warten regelrecht von dir gefördert und belehrt zu werden. Evolution ist eine Angelegenheit die sich vom Unteren zum Oberen, vom Linkischen zum Rechten wie vom Zerrissenen zum Einen hinzieht Meinem Universenwillen und Befehl gemäss.

Anerkennst du Meiner Grösse Qualität und Meiner Züge Fruchtbarkeit so kann Ich dich und deinen Anhang auf besonders akkurate Weise in die Regionen höherer Vernunft und Kenntnis des Allhöchsten führen. Dabei geschieht es, dass du die peinliche Besorgtheit um dein Eigenwohl dahingibst, um das Wohl des Ganzen, Abgrundtiefen, Himmelhohen und Begeisternden zu pflegen. Du stimmst ein in eine Ode reiner Freude an der göttlichen Natur, die auch dich beseelt und zusammen mit den anderen Naturen eine Einheit bildet von des Gottes Rang und aberwilligem Namen.

Was kommt vergeht und was die Blätter füllt wird durchgestrichen alsobald wie es den Zweck erfüllt hat, der ihm von Mir bestimmt und zugewiesen wurde. Das macht das Leben spannend, dass die Einzelnen nicht wissen wohin die Weltenreise geht, derweil Ich sie bestimme und du in deinem Reichlein walten kannst soviel du willst, doch ohne Meinen sakrosankten Plänen das Geringste anzutun. Ich erhebe Mich in dir zur wahren Grösse des Gestaltens einer Welt von Harmonie und Friedefertigkeit, Liebkosung der Geschlechter und Besänftigung der Wellen des Gemüts im Zuge kosmischen Gedeihens.

3.3

Überirdisches ist Meine Sache, Menschengöttliches die Deine die sich bis ins Ewige dahinzieht durch bedrückende wie seinsergebene Äonen. Die Episoden deines

Lebens reihen sich im Geiste eine an die andre durch Jahrtausende und füllen Blatt um Blatt von deiner Seinsgeschichte. Ich mischle mit im Unsichtbaren und bleibe stets bestrebt dich vor Unheil und Verlusten zu bewahren. Fällst du trotzdem über Tückisches und Unbedarftes vor dich hin so richte Ich dich sogleich wieder auf, damit dein Leben wohlbekömmlich und erfolgreich abläuft in der Folge deiner Seinsaffären.

Genau gesagt bist du mit allen Fasern deines Seins mit Mir verbunden und erfüllst Mein Sehnen nach Geselligkeit, Geschwisterliebe und verehrenswertem Herzenswohl. Was immer Ich erwäge ist auf wunderbare Art auch dein Erwägen, und die Skala wogender Gefühle wird von deinen wie von Meinen unablässig auf und ab gesungen. Genial ist was sich so vollzieht in der Grössenordnung göttlicher Brisanz und götterlichtem Seinsgehaben. Es dürfte dir schon längst gedämmert haben, dass im Hintergrund von deinem fulminanten und bedeutenden Agieren eine Macht am Werke ist, die Meine, die sich selbst im Unbeschreiblichen noch loyal und genial verhält in allen Lebenslagen. Diese Kraftpalette Bin natürlich Ich, die sich über alle deine nützlichen wie peinlichen Affären beugt, um sie zu regulieren und ihnen ein gefälliges Muster zu verleihen.

Bewusst mit Mir vereint erlebst du alles was da *ist* in ruhiger Bestimmtheit, Seinszufriedenheit, Gelassenheit und wunderbarem Frieden.

3.4

Als galant, rechtschaffen und versiert in vielen Künsten sollst du dich vor Meinem Vaterauge präsentieren, derweil es Mir daran gelegen ist dich in Meinem Reiche aufzunehmen und mit mannigfachen Herrlichkeiten zu verwöhnen. An der Grenze zwischen Sein und Scheinen werden dir die Augen aufgehn in gewaltigem Erstaunen ob der Pracht die dich begrüsst im neuerstandnen Leben. Locker werden deine Züge und der Sinn steht dir nach mehr und mehr an Seinsglückseligkeit und frischer Freiheit die Ich dir in Fülle zu vergeben trachte.

Noch ist für dich nicht aller Tage Abend in Bezug auf deine lange Wanderschaft zu Mir, auf der du alsoviel zu lernen hast an tätigem Vergeben, meisterlichem Hoffen wie verbindlichem Bejahen Meines Gegenwärtigseins in dir. Unweigerlich wird es noch so weit kommen, dass sich die Grenzen zwischen dir und Mir erübrigen und die zwei Bewusstseinshorizonte wohlgefällig und glückselig ineinander fliessen. Hirt und Herde sind ureins geworden, das Behüten hat ein Ende, weil das Eine in sich selber keiner Obhut mehr bedarf im Unvergleichlichen. Du bist das Väterliche wie das Mütterliche in Persona selbst geworden und erklärst dich als gefeit vor der Gefahr des Illusionierens deiner Angelegenheiten. Allen Seins Geschwader liegt im Offensichtlichen vor dir und beglückt dein Herzblut durch die milde Klarheit seines Licht-vor-dir-Erscheinens.

Es geschieht, dass im verschwenderischen Einigsein Versöhnen noch und noch in dein subtiles Seelenleben strömt und deine Züge glatt und glätter werden wie die windgeschützte saphirgrün gewordne See. Seinsbeglückung krönt dein Weilen und Beseligung dein sakrosanktes Sein und In-dir-selber-wunderbarerweise-Ruhn.

3.5

Auf den Mauern Jerichos sind die Trompetenträger nach wie vor in Stellung und erwarten Meiner Donnerstimme Startbefehl sie mit der Wucht des Schalles zu zerreissen. Dies gestattet den erwartungsvollen Bürgern ungesäumt bis ins Unendliche hinauszuströmen. Das ist dann für das menschliche Bewusstsein ein enormer Freudenschub, wenn es sich vom Zentriertsein auf das Körperliche löst, um sich mit den vitalen Geistesräumen, die Ich Bin, ein hochwillkommnes Stelldichein zu geben. Um solches zu bewirken braucht es ein gerüttelt Mass an Seinsvertrauen, Freiheitsdrang und schöpferischer Fantasie, die für die

Evolution der Menschheit einen träfen Schritt hinauf bedeutet, zuversichtlich, keck und wunderbar.

Mein Bild von dir ist stets im Steigen -wie die Sonne zu den Himmelshöhn- begriffen, was Mich zur Überzeugung bringt, dass du einstens wirst das Himmlische touchieren voller Ungeduld und Sehnsuchtenergie, bewusster Strategie des Suchens und enormem Seinselan. Was nützt es dir, dort wo du bist in Reibereien, Kriegen, Katastrophen und verhängnisvollen Ängsten zu versinken, wenn du doch den Aufschwung leisten könntest in das ewige Gedeihen wie in die Einsicht, dass du Bist ein seinsbegnadetes Gebilde allerhöchsten Schöpfertums. Desgleichen bis du ein von der All-Liebe stets behütetes Idol des freien Über-Sich-Verfügens.

Kann es eine reizendere Aussicht geben als jene der Vergeistigung, Vergöttlichung wie der Beglückung deines Wesens in der Einigkeit mit Mir und allem was da *ist* und leibt und leben will in Anstand und Verträglichkeit, in Friedefertigkeit und wonnevoller Harmonie. Du sollst begreifen in welcher Richtung deine wie auch Meine Winde wehn und bist dazu aufgerufen ihnen wie die Braut dem Bräutigam zu folgen in der Treue des Begreifens wie dem Wunder der Erlösung von jedwelchem Wahn. Glück auf die Lebensfahrt ist dir zu wünschen und Mir deine Absicht in der Vielverzweigtheit Mich den Einen, Einzigartigen und Liebenden zu schauen in elysischem Beglücken mustergültig, seinsverschwenderisch und wundbar.

3.6

Ungewöhnlich sollst du sein und dir selber gegenüber ungemütlich bis du gelernt hast Mir zu dienen und in Meinen Reihen für das Gute und Gerechte, Liebenswerte und Vollkommene zu kämpfen wie es für Aufgeklärte immer war. Es gilt für dich den Rost der Tage abzuschütteln, um in blanker Frische dazustehn als Hehrer der Unsterblichkeit von Meinen eminenten

Gnaden. Was du dir mit flackerndem Gesicht beschaust hat sich ins Zeitliche gegraben. Doch was es dir bedeutet als Reformer deines Seelenseins hat ewigen Charakter und trägt dich hinter alle Sterne in Mein Reich der Seinsgerechtigkeit, des Wohlgefühls sowie des universenweiten Friedens.

Darauf schwören kann Ich, dass das Leben dir an Meinem Herd und Hofe als vorzüglich und bewundernswert erscheint, derweil es alsobald in deinem poveren Winkel dem Verdorren preisgegeben ist im Ohne-Mich-das-Sein-Bestreiten. Wie lieblich klingt das „wende dich Mir zu", wenn du dich ernsthaft mit dem Wörterbuch beschäftigst das Ich dir als Leuchtstrich mit auf deinen Lebensweg gegeben. Du findest vieles taufrisch auf dem Blatt vermerkt das eben vor dir liegt und dir den Sinn erklärt von allem Sein und Leben, Streben und dich vertrauensvoll in Meine Hand begeben.

Was nützt es dir, bekränzt mit hunderttausenden Moneten durch den Gehsteig zu stolzieren, derweil die Seele dir verhungert weil du sie nicht ernährst mit Meinen gütevollen Himmelsgaben? Dir ist es gegeben ausgleichschaffend durch die Welt zu gehn im Equilibrium der Kräfte die Ich spende und die mit Trost und Seinserbarmen vollgespickt sind wie der beste Rinderbraten. Abenteuerlich sind alle Wege die zu Mir und Meinen Garnisonen führen, doch du musst sie tapfer und vertrauensvoll beschreiten, wenn du vor dir selber Ruhe finden willst im Lauf der städtischen wie ländlichen, planetarischen wie kosmischen Äonen.

3.7

Wie kommt es, dass du stur auf deine kleine Weisheit pochst, derweil du Mein erhabnes Weltensein verschmähst in eigendünklerischem und narzissischem Gehaben? Weil du noch ein Kindskopf bist in Sachen Evolution von Meiner Grazie des Instruierens und dir deinen Eigenwert vor Augen halten. Ich weise dir den

Weg hinan in Meine lichterfüllten Bastionen wahren Freiseins und Vor-aller-Welt-Bestehend.

Noch viele Hürden sind für dich zu überschreiten, bis dein Ziel im Jetzt erreicht ist, doch werden ihm noch viele andre folgen auf der einmal eingeschlagnen Götterspur. Du wirst immer weiser werden im Behandeln deiner Angelegenheiten bis du alles weisst was Ich dir und den Deinen zugehalten habe. Reine Freude wird dein Sein bewegen in den vielgestaltigen Bewusstseinsräumen, die dich für sich eingenommen haben. Von Mir befruchtet und bekränzt wird alles sein was vor dich hintritt um dich in höheren Fächern liebevoll zu unterweisen. Mein Fach ist immer noch des reinen Seins solvente Rührigkeit und Objektivität, Gerissenheit und glückverbreitende Allüre. Ich Bin ja nirgends angebunden, kann Mich frei von Raum zu Geistesraum bewegen und dabei zu neuen überragenden Gedanken und Gefühlen kommen. Das Bedrückende der Weltenevolutionen ist verschwunden und an ihre Stelle sind Erhabensein, bewusste Wachheit, Siebenseligkeit und auserlesene Geschmeidigkeit getreten.

Im Bannkreis Meiner Geistestaten ist Mir wohl und Meine schöpferischen Kräfte über sich im freiesten sich zur Gottseligkeit entfalten. Es ist, dass Meine Manifeste sich als wahr erweisen, derweil Ich etwas ähnliches wie eine goldne Brücke überschritten habe, um auf der andern, bessern Seite Meines Daseins - Feste der Vergnügtheit und Beschaulichkeit zu feiern ohne Missgunst, Tücken und Gefahr. Meine Liebe gilt dem Nächsten wie dem Weitesten und schliesst alles gütig in sich ein was *ist* und was das Universensein betrifft in Meinem Mich-voll-Wonne-und-Gelassenheit-darin-er-fühlen.

3.8

Wer von Mir geliebt ist wird zugleich aufs Tunlichste befördert in den Disziplinen: Unabhängigkeit, Freund-

wie Feindesliebe warm und souverän. So ziehst du ritterlich und vielgeliebt durch Feld und Auen. Wo du sesshaft wirst verbreitet sich dein Ruf als Menschenfreund mit Windeseile überall von Dorf zu Städten, vom Einzelnen zur vielgeliebten Gilde derer die in Freundschaft zu dir stehn. Nun hast du auch Mich für dich gewonnen. Im Grund genommen ist es nichts als Festigkeit, Vertrauen in dich selbst und Weltenliebe, die dich ausgezeichnet durch das Leben führen. Du gehst als Vernünftiger bescheiden, vielgeliebt und tapfer durch dein kleines Reich und schaffst dir täglich neue Freunde durch die Art und Weise wie du auftrittst und den Lebensdingen Wohlbekömmlichkeit, Bewusstheit, Charme und Liebenswürdigkeit verleihst.

Es ist als ob du als Getragener durchs Lebens segeltest, und das ist wahrlich nicht zu leugnen seitdem dein Geist und die Gedankenfülle, die du auslebst, wohlbewahrt in Meinen Händen ruhn. Sie haben dort ihr Heil und ihren Frieden, ihre Himmelszärtlichkeit und ihr Final gefunden. Sorgenlos und selig seiend ziehst du durch die Freudentage als ein Wandrer auf dem stillen Ozean dahin und geniessest was das Leben bringt in vollen, runden Zügen. Du weisst, Ich Bin bei dir und hüte deine Züge, dass sie weder Unheil, Betrübliches zu fürchten haben. Das ist wahrlich die Erfüllung deines Seins Mir und Meinen wohlgeordneten Maximen als Getaufter und Geliebter der Allherrlichkeit in Mir. Du hast es geschafft im Hier und im Unendlichen zugleich zu weilen und die Feinheit des im All Geborgen-Seins herzinnig und gefühlvoll, manierlich, zeitlos wie in seinsbewusster Wachhheit voller Himmelsgrazie zu leben.

3.9

Das Immense zieht dich immer stärker an, mit dem Ich Mich seit eh und je befasse und es pflege und zum Leuchten bringe in der Sterne Strahlenmeer. Unendliches geschieht in Meinen Reihen der Verfügbarkeit nach

Strich und Faden; Klartext wird gesprochen überall wo gottgesegnete Gedanken hin und wider fluten. Alles was in Meinen Höhn erwogen wird wird auch auf's Akkurateste gewogen, damit es sich im unheilvollen Falle nicht verbreiten kann.

Herzlichkeit und Liebe gehen mit dem einher war Ich Mir Bin in der Offenbarung Meiner Seinssubstanz und Wesensgüte, überragenden Geschicklichkeit und Seelenharmonie. Niemand muss sich als getrennt von Mir betrachten, wenn er sich soger in einem noch so fern erscheinenden Gebiet des Alls herumtreibt wie in einer Flüstergalerie. Alles ist in Mich gebettet wo sich kein Unten oder Oben, linkisch oder rechts ausmachen lässt im Unermesslichen. Hier gilt es weder über Tunlichkeit zu streiten noch über lastende Gewichte, denn des Geistes Wind, mit irdischen Begriffen nicht zu fassen, ist flüchtiger als jedes noch so scheue Wesen in des Universums myriadenfältiger Struktur.

Keiner hat dich je in so vielverzweigte Dimensionen eingeladen wie Ich es laufend tue um dich von der Unermesslichkeit des Seins zu überzeugen und um dich dazu anzuhalten dich in ihr wohlzufühlen wie der Fisch im Wasser, wie das Vöglein in den Lüften, seinsbewusst und sonnenklar.

Wahrlich hast du noch viel aufzuholen in der Disziplin der allverbindenden Gerechtigkeit die Ich im grossen Einen jederzeit erlebe. Kein Mir und Dir ist hier zu unterscheiden, jede Wendung wendet sich der Wohlfahrt und der allgemeinen Güte, die Ich Bin, entgegen. Das Allerhöchste lässt sich nicht in Niedrigeres unterteilen derweil es *ist* und weil auch du in deiner absoluten Innigkeit ihm angehörst auf ewig in entschiedener Gefälligkeit am Sein inmitten strömender Glückseligkeit und Daseinsharmonie.

3.10

Immer mehr darfst du dich selig wiegen, flüstere Ich dir aus dem Unendlichen entgegen, das Ich für alle Bin und dem auch du in Innigkeit und Würde angehörst für alle Zeit und Zierlichkeit des Universenlebens. Dein Bewusstsein ist von dem geprägt was Ich Mir Bin in ewiggloriosen Gottestagen. Bist du ein Geschöpf der Andacht und der Liebe vor dem Herrn der Welten, lege Ich für dich die Hand ins Feuer, dass du in Meinem Reich gedeihst und selig wirst im ewigen Genügen. Bewahre tief in deinem Herzen was du von Mir weisst und wende es zur rechten Zeit am rechten Orte an um dort zu reüssieren und den Bann zu brechen, der sich aus der Verweltlichung allmählich über dich gelegt.

Einmal werden alle sich verwundert fragen, weshalb du so geworden bist inmitten so viel Tand und Tücke, Weltschmerz und natürlichem Geplänkel und Gekribbel um dich her. Da wirst du ruhig zu erwidern haben: Weil Ich ein Gefälliger des Ewigen geworden bin in tadellosen Seinsmanieren, ausgezeichnetem Vertrauen auf die Himmelskräfte, die zu Meiner Hilfe aufgeboten sind, sowie des Ernstes wegen den Ich in Bezug auf Überirdisches im Sinn zu halten pflege. Somit stimmt für Mich was ist, kannst du dir ständig sagen und dir dabei ein Kränzchen winden für das schon und schön Erreichte in des Gotteslichtes gütestrahlender Bravour. Von Mir hast du nur Segnungen und Förderungen en masse zu erwarten, die dich in Bereiche des Gewissens heben wo die Freudenfülle herrscht Elysiens und die versammelten Gemüter Lieder Singen der Begeisterung am Sein und Leben, Wirken und Das-Weltenleben-recht-Verstehn. Du *Bist* um Mich im All zu präsentieren und um Mein Können darzustellen als das Überragendste was sein in der Einheit Meiner selbst wie Meiner universenweiten Dispositionen.

3.11

Im Hin und Her der herrschenden Gezeiten Bin Ich der Herrliche an dessen Ufern sich die Völkerscharen niederlassen um in Friedefertigkeit und Lebenswonne ihren Pflichten und Erbauungen, Besonderheiten und Beförderungen nachzugehn. Ihr Heil liegt in den klaren Lüften die Ich rings um sie verbreite, ihre Stärke in der Unnachgiebigkeit mit der sie ihre laufenden Geschäfte tadellos regieren. Oft ist es Mir ein Rätsel, weshalb ganze Völkerschaften ernstlich glauben, ohne Mich und Meine sagenhafte Führung auszukommen. Tatsächlich werden sie dann das Erlebte wiederkäuen müssen bis zum Überdruss und bis sie sich dazu bequemen Mir zu folgen auf der Bahn der götterlichten Ideale.

Nur Ich kann wissen wie die Lebensdinge wirklich laufen müssen um diesen heilige Hochfahrt, wunderbare Lösungen und Ruhe nach den Stürmen zu bescheren. Keinem steht es an, des Schöpfergottes Pläne zu durchkreuzen und ihm andere, bedauernswerte darzulegen. Es ist die Kindlichkeit die das versucht und die Ich stets zu fassen und zu korrigieren, auszubessern und verherrlichen bestrebt Bin. Das wird dann die Stunde Meiner Wahrheit sein. Jede Absicht mit Erfolg gekrönt zu sehen ist Mein grandioses Ziel in allen Schichten und Geschichten, Verwerfungen und Wohlbekömmlichkeiten Meiner überragenden Regie. Selbst die Wände haben Ohren diese Botschaft freudig zu vernehmen, um wie viel mehr soll es dann dir daran gelegen sein aus Meinem Ansporn mehr herauszuholen als du's bisher tatest und gewissenhaft am Werk zu sein im Einklang mit der götterlichten Geistbrigade. Nur was von oben zu dir kommt ist wahrhaft dazu angetan dich in das Reich der Seinserkenntnis und Beseligung zu führen. Dann stehn die Schöpferkräfte grandios vor deinem minikrimen Atem und befeuern deine Triebe bis sie lodernd auf zu Mir in den beglückend reinen Himmel der Verklärten steigen. Dein Bedenken folgt beglückt der Götterspur und vereinigt sich mit dem der *ist* und der Ich Bin gestählt und sicher, liebevoll und gütig über allen Wassern und erstarrten Irdischkeiten himmelhoch im Geiste des Verklärens und der Wonne am allherrlichen Geschehn.

3.12

Was dir vorsteht ist nichts weniger als des Allhöchsten Energie und Weistum, Schöpferfantasie und liebenswürdiges Dich-ins-Elysium-Erheben. Du glaubst dich selbst zu sein, derweil *Ich* deiner Stärke Flair und Zügigkeit, Vermessenheit und Anstand Bin in wunderbar erhabnen Meisterzügen. Sprichst du, so äussert sich Mein Wille vehement zum Taggeschehn. Ziehst du dich zurück, erbarme Ich Mich deiner, wobei zu hoffen ist, dass die Chemie für beide stimmig ist im Andersartigen.

Weltfremd Bin Ich keineswegs, doch in den krassen Fällen von ihr abgewendet, um das Elend umso inniger zu erleben. Trotzdem mach Ich Mir kein Hehl daraus, dass Meine allertiefste Innigkeit und Seinsbewusstheit, völlig unbeschwert vom Weltgeschehn, sich selbst geniesst in einer Wonne ohnegleichen wie in der natürlichen Glückseligkeit die Mir, dem Einen, auch gebührt.

Ich wandle festen Fusses durch die Universenzeiten und verwandle Festgefahrenes in lockere Bezüge zur subtilen Weltengeistigkeit die das Element und die Substanz ist die Ich freien Sinns belebe. Mach dich auf, dich Meinen Ordnungen und Seinssequenzen liebevoll zu nahen, um viel und kräftig von dem Kuchen zu erhaschen der da schmackhaft und begehrenswert, zutraulich und charmant vor deinem inneren Gesichte liegt. Das ist was deiner lichten Seele Nahrung bietet und unendlichen Erfolg im Paradieren auf der Götterbahn. Du bist in seinem Kabinett ein Seinsberufener geworden wie ein Minister grosser Taten auf der Ebene der geistigen Natürlichkeit sowie der seelenvollen Adaptation der köstlichsten Gefühle die da *sind* in Mir und Meiner kosmischen Mixtur.

3.13

Glückauf Mein Sohn und Mein geliebtes Töchterchen auf der erhabnen Fahrt in das glückselige Gedeihen das Ich dir vermacht und vor dir ins Unendliche getrieben habe. Wohin du schaust in Meinem Reich ist Friedefertigkeit und Wohlfahrt ruhigen Gewissens zu geniessen, und die Wähler Meiner Seinspalette dürfen sich im Variationenreichtum, den Ich offenbare, frei und freudevoll ergehn. Hast du begriffen was es heisst weder Sorgen noch Behinderungen, Pöbeleien oder Hirngespinsten ausgesetzt zu sein in deiner Tage Trefflichkeit und Tragödie. Mir ist es eben recht an deinen Präsentationen liebevoll herumzufeilen, bis sie dem entsprechen was du dir vorgestellt und ausbedungen hast in ihnen. Wahrlich wahrlich ist es für dich besser Meinen Worten ehrenvoll zu lauschen und sie zeitig umzusetzen statt aus eignem Antrieb mit dem Hammer draufzuschlagen bis du jämmerlich im Schatten sitzest deiner Unbeholfenheit und Herzensqual. Ich liebe es dein Kamerad und Meister, zielbesessener Stratege und Bewahrer deiner Unbescholtenheit zu sein, um damit deinen Werken Glanz und höchste Anerkennung zu verleihen. In deinem Sinn zu handeln ist Mein täglich Los, doch deines ist es, aufmerksam auf Meinen Rat zu sein mit Hand und Herz und beiden aufgestellten Öhrchen.

Dein Wille sei so sehr dem Meinen Untertan, dass sich die beiden wie zu einem einzigen vereinen und damit höchste Effizienz und Ausgewogenheit erreichen. So heisst es denn aus voller Kehle: Ich in dir und du in Mir in allen noch so anspruchsvollen Situationen. Deine Rechte muss nicht wollen was die Linke tut solang die beiden - Träger und Vollender Meines Weltenwerkes sind. Ich verleihe ihnen glänzende Erhabenheit, sowie die Güte eines Gottes der verbindet und verzeiht und in dessen Wohnungen auch du die ewige Heimat findest und dein wunderbar gesegnetes und exquisites Wohl.

3.14

Ich werfe auf und alles Gute fällt behutsam auf dich nieder das Mein Herz gebiert und Meine Sehnsucht nach Vollendung Meiner Schöpfervarianten. Was fällt fällt ungesäumt in deine Töpfe und bereichert ungemein was du dir Bist als armer Schlucker oder als Genie im Hammerwerfen, aus dem Handgelenk getrieben. Meine Lust ist es dort, wo du es am wenigsten erwartest, einzugreifen um ein Sträusschen neu zu binden oder etwas Preziöses zu vergolden, um damit einem treuen Augenpaar das Leuchten beizubringen.

Sowie es dir gelingt aus dem Stegreif wie ein Vögelein dein Liedchen abzusingen wirst du ganz besondern Beifall ernten von den Herzen die in deinem Sange Mich erkannt und ausgelotet haben. Du magst dich noch so lang bedeckt und unergiebig halten, doch einmal wird das Feuer Meiner Gunst dich überfallen und dein Lebenswerk zum Strahlen bringen. Es gibt nichts Sagenhafteres und Überragenderes als den Einfluss Meiner Genialität hinunter ins profane Menschensein um darin seine Göttlichkeit und Feingeschliffenheit zu offenbaren. Geradewegs aus deines Wesens Signatur und strahlender Natürlichkeit lassen sich von Mir die allerschönsten Funken schlagen, wenn du nur begreifst mit welcher Inbrunst und Verehrung Ich es auf dich abgesehen habe. Es ist Mir unbedingt daran gelegen dich bei jeder noch so spärlichen Gelegenheit mit Werten aufzurüsten die dich vor der Welt als ein Bijou der Vortrefflichkeit und Überlegtheit präsentieren. Bist du schon in Meinen Augen gross, um wie viel schicklicher und grandioser musst du es in den erstaunten Augen der Myriaden sein, die dich nach Herzenslust bewundern und begeistert auf den hohen Sockel heben. Das entspricht genau dem was Ich mit dem Menschenweltengang bezwecke, um aus seinem Sein heraus ein glückerfülltes und erhabnes, makelloses und bewusstes Resümee zu generieren.

3.15

Traditionsgemäss verleihe Ich dir wunderbare Kräfte die dich zu sagenhafter Glorie führen, in der Menschenwelt wie in der Meinen, um dich zur Gottseligkeit und Fabelhaftigkeit zu führen. Das ist für Mich nicht neu, doch du gewahrst Mein Sein in dir in einem ganz besonderen Moment zum ersten Mal in deinem Leben und bist entzückt davon in einer Schau von wunderbar gefiedertem Gedeihen. Nun weisst du, dass du Bist das allerhöchste, heiligste, agilste und geheimnisvollste Wesen das mit seinem Sein die Universenweiten füllt und ihnen Kraft und Süsse, Licht, Lebendigkeit und Himmelszärtlichkeit verleiht für Millionen. Du Bist und hast aus diesem existenziellen Grunde Ursach und Befehl „Ich Bin" zu dir zu sagen. In die Meisterschaft der Sterne bist du eingeflossen, in den Rang der Gottheit emergiert wie in die Kühnheit seiner Taten. Willst du, frage Ich, dich endlich auch in diesem Lichte sehn und alles was da *ist* in Liebe, Seinsgerechtigkeit und Heiterkeit umfangen? Nicht teuer ist Mein Rat, jedoch auf's Höchste effizient, bewusstseinsbildend und loyal den Massen gegenüber die da *sind* und ihre Seinsberechtigung erleben.

Wunder über Wunder ist dir zugetan und Wunderbares darfst du leisten aus der Fülle die Ich dir seit Anbeginn vergab. Mache mit und wandle dich zu dem wozu Ich Mich schon längst gewandelt habe. Trage Sorge zu den Welten die Ich rings um dich erschuf und die du selber dir erschaffen hast aus eignen Motivationen. Ich Bin in dir und du in Mir all-einig und wir üben das herzinnige Zusammenleben. Führt das nicht zum Glück? Jawohl es muss zur Einsicht und damit zur Herzenswohlfahrt aller hoffenden Gemüter führen.

3.16

Vom zarten Band der Liebe friedevoll umschlungen seh Ich dich gedeihen jetzt wie dannzumal. Dein Sein ist vollends in Mir aufgehoben und unterscheidet sich von dem was Ich Mir Bin nicht mehr. Willst weiterhin in Meinem Sinne reüssieren steht es dir wohl an minutiös und kraftvoll auf die Lehren einzugehen die Ich dir verheisse und verhiess.

An der Farbe deiner Aura werde Ich erkennen, wessen Geistes Kind du bist und wieviel Ich an dir noch auszubessern habe. Hellem komme Ich mit Freudgefühlen gern entgegen, Düsteres hingegen meide Ich und lasse es nicht in die Höhen emergieren.

Es ist das Unpersönliche und allgemein Verbindliche das Ich mit Vehemenz vertrete um Einigung und Einheit zu erzielen zwischen den geladnen Völkern, um sie zur Friedefertigkeit und Höflichkeit hinanzuführen. In Meinem Kabinett der guten Hoffnung schaffst mit, um weiten Kreisen um dich einen ehrenwerten Touch zu geben. Was in deinen Schichten und Geschichten sich ereignet spielt auch in den Meinen eine reguläre Rolle und bleibt dem grossen Ganzen eingefügt als recht bedeutendes Kaliber. Was sich jedoch in Mir als in Universenweiten abspielt ist noch viel viel mehr als du dir jemals denken könntest. Äonenziele zu errichten ist Mein hochbedeutend Los um ihnen beizustehn in unerschütterlicher Grazie des Werdens bis zum Punkt der Meisterschaft im Sich-nach-Götterart-Bewegen. Auch in diesen götterlichten Dimensionen wird die Herzenstraulichkeit und Schönheit nicht verloren gehn. Es ist die Anmut die regiert und die Geschicklichkeit im schönen Weilen die dem Elementenaufwall folgt und Ruhe bringt ins ewig geisterfüllte Glückbereiten.

4

Lupenreines Allempfinden

4.1

Fürsprech Meiner selbst Bin Ich schon längst geworden um das alles zu vollbringen was da *ist* und was noch kommen soll in unermesslich fern- und feingestimmten Zeiten. Das Ungeheure zu erfinden und vollbringen ist Mir wie seit eh und je ein Kinderspiel, genauso wie es wieder zu zerstören. Unbegreiflich muss dir das gigantisch Angefachte sein solange bis du im Erkennen mit ihm eins geworden bist. Das Kosmische gewinnt für dich in dieser Perspektive eine neue, faszinierende Bedeutung, deren Wert und Weisheit nie genug hervorgehoben werden kann.

Trotz alle diesem ist es Mir ein Muss Mich in dir kleinzuhalten als in einem Abbild dessen was Ich Mir im Grandiosen feierlich erschuf. Viel ist nun erstanden wie aus einem Guss und noch viel weiteres wird in Äonenläuften noch erstehn. Doch Mein eigentliches, unabänderliches Sein als geistige Potenz und lichterfülltes Strahlen west an sich im ewigen Wonnesein und unbeschwerter Heiterkeit dahin. Ungeboren, unerschaffen Bin Ich Mir lupenreines Allempfinden, geniale Denksubstanz und Wucht des Wollen à discretion. Einheit, Urgewalt wie naturbedingtes Streben Bin Ich alles von Mir fordernd und gewährend was Ich wollte. Kompetenz in allen Fachgebieten Bin Ich, Unabhängiger von eignen Gnaden und Glückseliger aus Überzeugung in der Schau auf was Mir angediehen ist an Seinsbewusstheit, Götterglorie und makellosem Stil.

4.2

Mobil in allen Phasen Meines Seins Bin Ich vor allem wenn es um Gerechtigkeit für alle, Seinserhabenheit und Gottesminne geht. Allliebe ist das allerwerteste Prinzip an das Ich Mich seit Generationen halte und dabei versuche auch von deiner Seite tätigen Konsens dafür zu finden. Liebreich sollen die Gedanken und die Gesten sein, mit denen du der Menschenwelt begegnest und sie damit beglückst in vollen runden Zügen. Auf Meinen Starkmut kannst du zählen, wenn es darum geht Aggressionen in Verständnis umzuwandeln und dabei Vereinigungen und Bekömmlichkeiten zu erzielen.

Meine Werte hochzuhalten ist noch immer die erbaulichste Methode um in deinem kleinen Reich den Frieden und die Hoffnung aufrecht zu erhalten. Über allen Wassern ist die Ruh lässt sich in Meiner universenweiten Wohlgeborgenheit wohl sagen. Unendlicher Befriedung Meister Bin Ich hier und überlasse Mich der schweigenden Bewusstheit deren Ich Mich rühmen kann in Geisteswonnen und veredelnden Gebeten.

Glückselig wer sich hier zu Mir gesellt in sagenhafter Klarsicht und unendlichem Vertrauen darauf was ihm so geschieht. Unendliches begegnet dem Unendlichen mit hochheitsvollem Seinsrespekt, dem Einsicht folgt und Sich-auf's-Freundlichste-daran-Erlaben. Wer versteht sich besser denn Ich auf das Handwerk des Sich-überall-Versöhnens mit den Meistern, die sich den Nimbus des Gerechtseins und der Weltenliebe zugezogen haben. Sie bewirken überall Verständnis und Manierlichkeit in den Begriffen die sie sich zur allgemeinen Schau entgegen tragen. Ihrer Wohlfahrt ist es zu verdanken, dass dieselben Zeichen auch im menschlichen Bereich, wenn auch in weiter Ferne, auf Erfüllung harren. Dann neigt sich das Wesenhafte wunderbarerweis dem Wesenhaften zu in seliger Beglückung und unendlich reiner Friedefertigkeit im lauteren In-sich-Beruhn.

4.3

Ein feingefühlter Strom von Güte wärmt den Seelenraum, den Ich mit soviel Zuversichtlichkeit betreten habe. Pure Weisheit ist es hier zu wohnen, wo die Lebensdinge bis zum letzten Jota stimmen und die Freundlichkeit des Alls Mein Sein auf's Innigste verklärt. Am Strand der guten Hoffnung darf Ich Mich getrost ergehn, derweil Ich Mir bewusst bin, dass sich alles was Ich Mir ersehne auch erfüllen wird in wunderbar gesegneter und seelenvoller Weise. Die Wachheit ist es die das Leben ziert mit den Erkenntnissen die allen zugeeignet sind. Sie wollen den beglücken, der sich ihnen hingibt ohne Fehl und Tadel mit der Inbrunst einer Seele die sich in ihrem Sein geborgen fühlt und in die Schicklichkeit des Alls hineingeboren.

Was dich beseelt ist mehr als blosse Deutung und gesteigerte Vermutung einer besseren Welt in hocherhabnen Regionen. Du weisst dich in sie eingesetzt und eingeflochten als in eine Liebenswürdigkeit und Geistesfülle ohnegleichen. Sie lässt dich aufblühn wie der Rosenstrauch im Sommergarten, wie die Palme an dem blauen, lauen Meeresstrand im ewigen Gesang der lichterfüllten Wogen, von der Sonne Strahl auf's Zärtlichste liebkost.

Was du gewinnst sind Götterportionen reinen Glücks im Reich des hellen Äthers wie in dem der Herzensruhe munter und beseligt vor dich hin. Deine Tage atmen feierliches Seinsgesunden und verbinden dich mit dem der *ist* und der du Bist in wunderbarer Ebenmässigkeit und Seinsgeselligkeit, dem Bewusstsein der Allherrlichkeit dahingegeben. Du brauchst nicht mehr, du willst nicht mehr und strahlst die Güte aus die Ich dir friedevoll und leichten Sinns zu allem was du Bist hinzugegeben. Leichthin gleitet dein Gedankenfinger über Land und Meer und lässt ihr glänzend Duften wohlgefällig in dich fahren. Die Ernte bringst du heim die dich so ellenlang beschäftigt hat und beugst dich über sie mit dem Empfinden des unendlichen Gespiels, mit dem Ich dich begabt und allezeit erheitert habe.

4.4

Wohlfahrt und Geselligkeit sind dir von Mir gegeben alsobald wie du die Gnade findest, dich Mir zuzuwenden als dem höchsten Gut im Universenreich und dessen sinnbegabtem Sich-Verstrahlen. Federleicht ist dem zumute, der sich in den Zustand reinen Seins begeben kann, um in diesem als in einer Sphäre der Glückseligkeit und Himmelsgrazie zu wohnen. Ich Bin im Heil, darfst du dir völlig unbekümmert und gelassen sagen, wenn dich weder eine Front noch irgendwelche Hintergründe regelrecht berühren. Als ins Allgemeine ausgegossen fühlst du deines Daseins Zweck und Zwitterhaftigkeit und erklärst dir damit deines wahren Wesens Glanz und Glorie im sagenhaften Wohlbehagen.

Reihst du deines Seins Gedanken, einen nach dem anderen, getreulich wie zu einer Perlenschnur, so wirst du fähig dazu dich von ihnen in Distanz zu halten, dass sie dir nicht weh tun oder dich verblüffen können mit der tragischen Verwirrtheit in die sie sich versponnen haben. Endlich bist du ganz zu dem geworden was du wirklich Bist und was Ich Bin in dir und deinem Vorhof, der sich als das Weltliche enttarnen lässt vom Thron der Weisheit den Ich weit und breit für Mich gepachtet habe.

Ich sitze sicher auf dem hohen Ross wo alle Minderen vor Mir und überall hinunterpurzeln weil sie sich mitnichten als das reine Sein verstanden haben. Das aber kann nur *eines* sein im Weltenlied das Ich im Wohllaut der Geschichte summe gütig und genüsslich vor Mich hin. Ihm weihe Ich die besten Kräfte, um es auszuschmücken wie der Bräutigam sein Bräutchen schmückt bevor ers seinem Hofe zuführt. Mein Reich jedoch ist das der reinen Wonne und zutiefst beglückenden Allüre der Allherrlichkeit und ewigen Jugend, Tugend und Bewusstheit im unendlichen Allhier.

4.5

Feierlich und froh verkünde Ich Mein Himmelswort an alle die es hören wollen in der Innigkeit des Herzens wie im Wohlverstand mit dem Ich sie begabt und gütlich ausgestattet habe. Was immer Ich besage führt den Wandrer sänftiglich hinan vom Lebenstal zu lichten

Geisteshöhn die ihm sein Dasein als gesichert und mit Mir befreundet offenbaren. Du wirst wohl nicht verneinen können, dass dir von der blühenden Natur unendlich viel geschenkt und hingehalten wird, so dass du nimmer leiden müsstest, Menschenkind, wenn du nur Barmherzigkeit mit deinen Brüdern fühltest und sie recht verpflegtest auf dem vielbegabten Erdenrund.

Ich trage eine Sorge um dich tief im Herzen, weil du es vermeidest mit dem Reichtum der dir zufällt solidarisch umzugehn. Dazu sage Ich: Was du verschwendest, anstatt recht verwendest, wird dir ganz persönlich einst entzogen werden. Das ist dann ein starkes Stück für deine feinen Nerven und wird dich in panische Besorgnis um dein Wohl versetzen, ohne dass du's ändern könntest. Nur *Ich* Bin dann noch voll dafür zu haben, auf dein Bitten hin Ersatz zu leisten und dich aus der gemeinen Not herauszuschlagen. Indem du dein Bewusstsein änderst ändert sich dein Weltempfinden zur so lang ersehnten Wohlfahrt in des Daseins Traulichkeit und Würde, überzeugenden Gebärde und Versiertheit im Beschenken und Beglücken. Wie die Strahlensonne steigst du auf am Geisteshorizonte den Ich dir zur Wahl und Wohlfahrt, Fruchtbarkeit und tiefgefühlen Allegrie dahingegeben. Du ermissest was im weiten Feld in stetem Wachstum vor dir liegt und erntest in dezenten Freuden was dir vordem noch ein Grund für kapitalen Kummer war. Dein Blickfeld öffnet sich zu neuen nie vermuteten Dimensionen und die Schönheit allen Seins beginnt vor dir den vollen Glanz und die Beredsamkeit, das Glück und seine Grazie zu entfalten. Was du wahrhaft Bist ist Freude, Licht und Frieden im Schosse der Unendlichkeit des Alls und seiner vielgeliebten Patrioten.

4.6

Konvergenz auf Meine Mitte hin wird einst auch dich erfassen und dir offenbaren wie und was du Bist in allen deinen Funktionen und geschöpflichen Errungen-schaften. Mach dich auf nach weiteren Vergütungen, Begünstigungen und Erbauungen, geliebte Seele, damit du bis zum letzten Reste überzeugt bist von der Güte Meiner Allpräsenz und Meiner himmlisch aufgemachten Gaben. Im Reich der gottesgeistigen Verbindungen und Bünde kann es gar nicht anders sein als dass sich gleich zu gleich gesellt, um sich im gegenseitigen Vertrauen an des Daseins Wucht und Wohlfahrt innig zu erlaben. Nicht aus dem Nichts ist alles was da *ist* erschaffen, sondern aus dem ungeheueren Reservoir an Qualität, Bewusstheit und Genie die Ich Mir im universenweiten Dasein zugeeignet habe. Vor dir vermag Ich nicht mehr zu verhehlen, dass die Dinge allen Daseins ohne jedes Wenn und Aber stets vollends im Guten liegen und dass sich männiglich daran erfreuen kann im Bunde mit dem Seinsvertrauen, der Gewissenhaftigkeit und der Allliebe die Ich dir gar liebevoll und vollumfänglich zur Verfügung halte.

In weiten Seinsgebieten heisst es: Trau, schau wem, doch in Meinem ist so viel an Plausibilität und seelenvoller Schöpferkraft vorhanden, dass du ohne weiteres dem Überquellen Meiner Liebenswürdigkeiten folgen kannst zu deinem wie zu Meinem eminenten Wohl. In lichter, leichter Andacht will Ich dich wie eh und je umfloren mit der Seinsgesetzlichkeit die Ich allüberall zum heiligen und heilenden Prinzip erhoben. So lade Ich dich dazu ein, an Meinem magistralen Mahle teilzunehmen und dich mit dem Geist der Sitte und Genügsamkeit, der Seinsgewissheit und Erhabenheit gehörig eins zu sehn.

4.7

Magisch angezogen bist du von alledem was Ich dir Bin und war und wie Ich Mich im Künftigen zu dir und deinem Sein verhalten werde. Im Geist der Demut, Genialität und Machbarkeit Bin Ich gewappnet jeden neuen Tag begeistert zu begrüssen, um in ihm Mein schöpferisches Flair und Meine Urkraft tüchtig auszuleben. Das kreiert enormes Freudesein in vielen individuell gewordenen Gemütern auf dem Erdenplan. Desgleichen hat es Konsequenzen weit zu dir hinunter wie hinauf zu Mir im allgemeinen Trend zum offenbaren der Geheimnisse um Mich und Meinen überaus gefälligen und ausgedehnten Hof.

Es singen die Poeten von den lieben Sternlein die hochhaupts glitzernd den nachtblauen Himmel zieren. Die wissenschaftlichen Gemüter widmen sich den Bahnen, den Distanzen und den Aberzeiten während denen unermessliche Zusammenballungen, Explosionen und Manöver stattgefunden haben. Ich aber stehe lächelnd hinter allem was da will und wollend seine Kreise zieht, das Sein empfindet und im All rumort seit Ewigkeiten. Ich habe allen alles in die Hand gegeben, es geziemend sicher zu gestalten und verwalten, fruchtbar sein zu lassen und dabei zum Ewigen zu driften gemächlich aber stetig in Äonenwogenein.

Was Mich zum Exkurs in dieser Hinsicht, Respekt und Zierlichkeit bewegt ist deine Unbeholfenheit in Bezug auf wirkliches Durchschauen der Gegebenheiten wie des Reagierens auf die oft skurrilen Situationen durch die du ständig dich bewegst. Du nimmst vieles an, was sich recht bald als Irrtum oder Schlamperei erweist und hast laufend das zu korrigieren was du dir aus Unvermögen oder schlechtem Willen eingebrockt hast. Da kommt es dir dann sehr zustatten, dass Ich dir beständig wohl will und schon die geringsten Fortschritte mit Jubel und Applaus bediene. Das aber sollst du jetzt erkennen und Mich dafür lieben, loben und verehren in beglückter und beglückender Manier.

4.8

Sanftmütige sind gerne bei Mir zugelassen in den Weiten Meines Wohlverstands wie Meines eklatanten Seinsbehagens. Es ist der Geist der Ordnung und Gewissenhaftigkeit, des Mitgefühls und des Vertrauens der sie führt zu fabelhaften Offenbarungen im Reich der Lebensquellen wie der Geistesreservate. Willst du sie betreten musst du mit Interesse kommen an dem was deine Öhrchen nimmer hören können wie an dem was du nicht sehen kannst mit offnen Augensternen. Du hast zu unterscheiden zwischen dem Vergänglichen und dem Substanziellen, das aus Kraft und Weisheit, Makellosigkeit und Daseinswonne resultiert im Zeitenlosen. Du bist von ihm wie Mir gebeten deine eingefleischten Illusionen zu erkennen, um sie dann tunlichst aufzugeben. Mählich driftet alles Meinem Standard zu in Sachen wahre Werte, Redlichkeit und wunderbar gesteigertem Gewahren einer Geistesherrlichkeit von erster Güte und erhabner Garnitur.

Dein Sonntagskleid ist nicht mehr aus profanem Stoff gewoben, sondern aus dem Glauben an Mein Wort und Meine unvergängliche Synthese aller guten Kräfte einem Hocherhabenen, Elysischen entgegen. Deine Erdendinge sind so klein und Meines Geistes Kräfte so bedeutend und genial in ihnen, dass Mir dies durch Nacht und Tag erscheint im gloriosen Aufschwung, der sich auch in dir vollziehen soll in grandiosen Meisterzügen.

Wer wollte doch im Hinblick auf die ewigen Errungenschaften, die ihm ständig offenstehn, noch zögern, sie zu akquirieren und mit ihnen als ein Weisgewordener und Schöngestalteter behutsam und beglückend umzugehn. Das bringt ihm das so lang ersehnte Freisein von jedwelchen Tücken und Gefahren und bewegt ihn dazu, ständig und begeistert, klug und liebevoll im reinen Sein zu leben. Es verleiht ihm alles wessen er bedarf und was ihn mit Holdseligkeit begütet masslos, allerschaffend, liebestraut und ewig wunderbar.

4.9

Der Wackere gibt niemals auf im Streben nach der Gottesgüte die Mir eigen und die Ich zu ihm wende, wenn er klar und deutlich das Verlangen nach Erlösung ausspricht an der Schwelle Meiner Inspirationen. Das Ringen um Erkenntnis wird dich lebelang begleiten und dir manchen Sieg und manche Schmach bereiten wo immer du dich hinbewegst. Dein Seinsgefühl jedoch steht firm in wilder Flut und zeigt dir wie ein Leuchtturm wo du sicher bist und bestens aufgehoben.

Mein Wortspiel soll dich dorthin wo Ich Bin zu Meinen Zelten führen, Meiner Gegenwart gewiss und soll dir offenbaren wie geschickt und solennell, ungeschminkt und reizend Ich das All mit allem Drum und Dran nach Meinem Mass und Muster eingerichtet habe. Das Potential der Unermesslichkeit in Einigkeit und Fülle ist es was von Meiner Seite stammt, doch sind es viele kapitale Geistesfürsten die Ich zu Verwaltern und Erhaltern, schöpfervariablen und Gestaltern eingesetzt und hochgezüchtet habe. Das macht die Vielfalt aus in der die Welt- und Gottesdinge existieren und sich verblüffend voneinander unterscheiden in Galaxien, Farbennebeln, Superhaufen, schwarzen Löchern und gewaltigen Novae, deren Lichtgezücht immense Räume penetriert und verlebendigt, dass es dir ein Muss und eine Lebensfreude ist, das alles anzustaunen.

Mein Tatenwille ist es der schlussendlich hinter allem steht und der auch deiner Pracht Gestalter ist im Reich der reizend dargestellten Millionen. Zum Mitbegründer hab Ich dich erkoren, zum Organ der Höhen und der Tiefen, und siehst du dich in Mir geboren, darfst du als feierlich Geführter über allem stehn. Das Sein ist dir geschenkt, wenn auch mit wackeligen Ohren, so doch mit Wundern reich behängt und innig ungeschoren. Mach auf mach zu mit Meinen Gaben und fülle was zu füllen ist mit Mir. Das überbrückt dir manchen weiten Graben und strahlt Glückseligkeiten ins allherrliche Revier.

4.10

Kommandeur hochedler Werte bist du, integriert in die geniale Sanftmut Meiner Züge und darfst dich rühmen Mein Geführter und Erhobener zu sein in des Weltenalls-Versprühen. Du machst dich vor Mir lächerlich solange wie du glaubst dein Sein begründe sich allein auf deinem Körperwesen, derweil es wunderbarerweis in Mir verankert ist mit Myriaden Geistesfäden. Da ist Unendliches im Spiel, von dem zu zehrst und das dich stets behütet auf den Eskapaden die du lebelang vollführst. Mein Auf-Dich-Eingehn trägt dich schliesslich zu den Sternen und versetzt dich in die Lage, dein Bewusstsein übers Allgefüge auszudehen in konkret gewordnem Stil. Es dämmert dir das Allgemeine auf indem du dich mit ihm vermählst und mit ihm seine Universenkreise ziehst.

Das All zu feiern sei dir eine Lust und eine Herzensliebe weil du inne wirst, wie alles sich durch Mich wie dich bewegt und Ausserordentliches leistet in der Absicht, aller Wesen Wohl zu fördern und ihrer Evolution ins göttliche Bewusstsein beizustehn.

Massgeschneidert wird Mein Schicksal an das Deine abgegeben und vollzieht sich in und mit dir evolutionenkräftig und auf's Allergründlichste gediegen. Mir scheint es nicht verstiegen zu behaupten, dass das grandiose Schöpfungswerk der Ausdruck genialischer Gedanken und Gefühle ist von nachgewiesnem Wert und sagenhafter Heiterkeit in allen relevanten Regionen. In ihnen sind die Lebensszenen wohlgeordnet und bekömmlich, liebevoll verwaltet und geführt. Wonne herrscht und Freude am Geschehn elysischer Natürlichkeit und nie verebbender Begütung eines Daseins von Gottseligkeit, taufrischem Frieden und unnennbar süsser Harmonie.

4.11

Bewusst gesehn sind Meine heiteren Kreationen eine Folge von erhabenen Gedanken und Gefühlen in der

Andacht mit Mir selbst und mit den Seinsgesetzen, die das Makellose fördern und verbriefen im von Mir gesegneten Allhier. Lichtkaskaden, Harmonienklänge und subtile Wohlbekömmlichkeiten sind Begleiter Meiner Lust zu sein und Mich in Meinem Universum innig zu Erleben. Was Ich Mir Bin ist mit unendlicher Behutsamkeit und Seinsgeduld in deine Seele eingeschrieben und harrt der Auferstehung durch Mein Wort wie deine guten Taten. Das ist dann ein Ereignis von enormer Grazie, Gutmütigkeit und Generosität am Welten-werk, das Ich Mir zur manierlichen Beschauung und Bewältigung erlesen.

In keiner Weise ist es Mir daran gelegen selbstzerstörerisch zu wirken; dennoch müssen ausgebrannte und verbrauchte Elemente tunlich ausgeschieden werden. Ordnung, Reinlichkeit – ja Makellosigkeit und tadellose Sitten müssen sich in Meinen ungehindert und rasant verbreiten können. Ohne jeden Harm ist hier das Sein um alle ausgebreitet die es lieben, loben und aufs Innigste erfahren wollen. Du bist gut und Ich Bin gütig, soll einjeder zu sich und zu jedem andern sagen, ehrlich und bewusst, es auch zu sein. Ich vertrete, was Ich Bin, in allen Regionen Meiner Wirksamkeit und Wohlbesonnenheit und habe auch die Macht es durchzusetzen auf legale und beglückend feine Weise überall, so auch in dir. Das ist ein reiches Glück für deine Züge und begründet auch die Hoffnung die du zu Mir hegen kannst in unerschöpflichem Bewahren. Es sind der Friede den Ich sende und die Herzensgüte überall vertreten; sie müssen nur erkannt, gelebt und dem gestirnten Himmel dargeboten werden.

4.12

Unfehlbar wirst du in deinem Vorwärtskommen zu Mir stossen und wirst von da an tiefbeglückt und tapfer Seit- an Seite mit Mir gehn. Ich lenke die Verbrüderung die zwischen dir und Mir vonstatten geht seit Ewigkeiten und anerkenne deine Sohnschaft in dem Masse wie du Mich als Vater anerkennst und Mir den Ehrenzoll entrichtest auf der Fahrt ins Sternenreich das Ich bewusstseins- trächtig und dezent bewohne. Selbander steigen wir hinan zu stets bewussteren Gedankenwelten in denen wir Gerechtigkeit und Liebe, Wohlverstand und Daseins- wonne walten sehn. Unser Sinnspiel ist es, die gewaltigen Ressourcen die uns zur Verfügung stehen immer besser zu erkennen und auch auszuschöpfen in der Vielfalt unsrer Charaktere und Entfaltungen, die wir bisher an uns geleistet haben.

Es liegt ein Glorienschein auf deinen Zügen wo du gehst und stehst, derweil Ich dich befeure und befruchte zu den Meistertaten die dein Eigen sind und sind schlussendlich doch von Mir. Wer will sich da ans Unterscheiden wagen zwischen dir und Mir und zwischen allen Wesen die da *sind* und ihrem Seien Sinn, Rendite, Wohlbekömmlichkeit und Faszination verleihen wollen. Sind diese Werte von den Deinen auch noch recht verschieden so bist du dennoch auf dem Weg sie zu erlangen und um gefeit zu sein vor allen Seinsverlusten, Mängeln und Illusionen, die in Wahrheit noch dein täglich Brot sind, dir selber aufgetischt von deinen Eigensinnigkeiten.

Es gibt das Sprichwort von dem Kruge der zum Brunnen geht bis er zerbricht, und das will Ich ergänzen mit: Solange bis er voll des süssen, klaren Wassers ist das Ich ihm spende und das dich erlaben soll für Ewigkeiten. Bedächtig klärt sich auch dein Himmel auf und offenbart dir seine silberglänzende Synthese aller Wirkungen die rings um dich im All geschehn und die auch dich in seligmachender Manier beschenken.

4.13

In der Gutheit liegt die Würze für dein menschlich anspruchsvolles Tun. Das lässt dich dann voll Seligkeit in Meinen weitgedehnten Vaterarmen ruhn. Sowie du Mich gefunden hast verschwinden alle deine Übel und es herrschen Wohlverstand, Holdseligkeit und Zuversicht in deinem heiteren Gemüte. Du magst es drehen wie du immer willst, vor deinem Schauen stehen Meine Schöpfungen und Definitionen, genialen Wunderwerke wie Bereiche geistiger Natur. Überall versuchst du dich zurechtzufinden und findest keinen Ort des Bleibens ausser dem der Ich dir Bin in lichter, sagenhafter Ruh.

Alles was dir blüht, blüht dir auf Meiner Bodenständigkeit und Gottnatur, was du erlebst ist Mein Erleben und was sich von dir mählich in die lichten Höhn erhebt ist Meiner Himmelfahrt unendliches Genesen. Nicht umsonst sollst du mit so viel Bürden und Belastungen ein Lebelang einhergehn, denn am Ende wirst du wissen dass es Meine ebenso gewesen sind in unerhört geduldigem Ertragen. Deren Sinn jedoch ist die Erkenntnis deiner selbst als göttliche Monade die sich durch viele anspruchsvolle und ergiebige Verkörperungen Meiner Attitüde nähert und am Ende in sie eingeht tapfer, seelenvoll und rigoros.

Nicht viel mehr ist dazu noch zu sagen als: dein Wesen ist wie Meins ein heiligmachendes Produkt des Seins, zu dem die Dinge dieser Welt beständig und inständig streben. Die Fahrt geht zugleich vorwärts und zurück in eine Sphäre reinen Weilens, wo der Duft des Friedens sich verströmt und wo sich allen Wesen eine wundervolle Einigung und Einheit bietet, des Lobgesangs Ertönen wie in der Glückseligkeit Elysiens in der sich alle Dinge wiederfinden als geschaffen und erlöst, verwundet und geheilt, verloren und geborgen in des Universums lichterfüllten Weiten, Tiefen und beseligenden Höhn.

4.14

In die Zeit geboren bist du doch ein Splitterchen Unendlichkeit in der sich alle deine Lebensdinge einmal als vereint, beglückt und siebenselig wiederfinden. Als im Sein Erwachter staunst du dich dann selber an, staune Ich Mich an in wunderbarem Selbstgenügen. Meine Formel lautet: An jeder Stelle des Bewusstseins Bin Ich universengross und habe Ursach Mich zu den Vollendeten zu zählen. Ich verleihe allem, was Ich Bin, die letzte Reife, Süsse, Seinsentschiedenheit und Poesie, um darin aufzuatmen und um Mich im Milieu der Einheit aller Dinge trefflich wohlzufühlen.

Wo landest du, wenn du dich auf den Ozean der Vielgestaltigkeit und Lebenstüchtigkeit hinausbegibst mit vollen Segeln und erwartungsvollem Seinselan? Es gibt kein Zielen oder Ziel als Meines im Unendlichen der Sphären wie in der Gediegenheit der Seinsmanufaktur. Das Emsige ist überall in ihr zu finden genau so häufig wie das überirdisch Angehauchte In-sich-selbst-Beruhn, das alle ihm Geweihten mit der Wonne der Glückseligkeit beehrt. Nichts liegt dir näher als das Seinsbewusste das es zu erlangen gilt, und nichts scheint ferner als das *Es* an dem sich schon Myriaden kluge Köpfe ihre Zähnlein ausgebissen haben. Du hast so etwas wie ein Narr zu sein um dir die Seinsnarration mit einigem Erfolg und wunderbarer Süsse vorzuführen. Dann bist du auf den Plan der götterlichten Charaktere hochgestiegen und darfst dich an der Universonne räkeln und dein Sein bewusst an ihren Duft vergeben. Deine Tränen sind gestillt, und jedem Ungemach enthoben siehst du dich ins Götterparadies versetzt wo sanfte Stimmen und die Sanftmut der Gebärden dich umfloren und der Seelenfriede herrscht im Glück wie in der unerschöpflichen Behutsamkeit der Ewigkeiten.

4.15

Feine Zähren, unverwüstliches Dich-selbst-Bewähren
führen dich den Weg entlang in Meine ewigen Gefilde,
wo Friedefertigkeit und Schönheit, Labsal des Gewissens
und herzinnige Versöhnung wohnen. Es sind die
Geistesgründe die Mir all so liebreich sind in ihrem
götterlichtem Wesen, dass Ich nie müde werde sie zu
loben und zu preisen in der Fülle ihrer fliessenden
Strukturen. Parität herrscht wo Ich geh und schaue und
Gemeinschaft der Glückseligen, die es bis hier hinauf
geschafft und es als gut befunden haben. Namenlose
Zartheit hüllt die Seienden in ihre Liebe ein und lässt sie
in der Sanftmut ihrer lichten Züge selig atmen. Es ist die
Wunderkraft Elysiens die alles ziert was je vorhanden
und was Mir Anlass gibt das Zeitenlose dankbar und voll
Wonne zu geniessen.

Ich verwirkliche nicht nur der Universenweiten
grandioses Mass doch ebenso der Geistesreiche Auserlesenheit und Würde, Kapazität und Kenntnis aller
Grundbedingungen für ein erspriesslich Sein und Leben.

Nun wähle du in freiem Unterfangen was dir erstrebens-
wert erscheint in deines reinen Seiens Plan und was du
hoffend inszenieren willst als Ausfluss deiner Eigenheiten, hochverehrten Satzungen und Seinsgefühle. Was
unternimmst du nun, wenn Ich dir zu verstehen gebe, dass
noch allzu vieles nicht genügsam ist was du bis anhin
unternommen. Es ist zu sehr geprägt von dem was du in
eigensinniger Regie ins Wirkliche geworfen. Ihm fehlt
noch viel von Meiner Handschrift, Liebeskraft und Güte,
die allen gleichermassen gilt und die sie zähmen soll im
Eifer, neuen Regungen und Lichtern nachzugehn.
Erkenne was dir wirklich frommt und mausere dich zum
Gottesdienst hinan in allen deinen Seinsbelangen bis du
ganz mit Ihm vereint in Schönheit Bist, was Seinem Sein
entsprungen. Es beschert dir und den Lebenswelten
wahres Glück und namenloses Wohlsein in der Einheit
und Gediegenheit der sternerfüllten Weiten.

4.16

Wohlfahrt Meiner Art hab Ich in dich gegossen mehr und mehr um die aufzuzeigen, welche Chancen dir das Leben bietet, es gestaltend und beglückend zu bestehn. Bist du von dem ergriffen was Ich traulich vor dich hingelegt, wirst du an dir Veränderungen bester Art erfahren, die dir ans lebendige Seelenleben gehn. Deine Zuversicht nimmt zu in Bezug auf das was kommen mag, deine Tapferkeit besteht die intensivsten Prüfungen mit Nonchalance und wohlgelungener Bravour. Es öffnen sich dir neue Wege des erwartungs-vollen Weitergehns zu Horizonten die dich zu begeistern und befriedigen vermögen.

Nur Ich, der alles Überschauende, kann wissen was dir wirklich nottut in der Folge der Geschichten und Geschlechter die du zu durchlaufen hast. Alles spielt sich in der Vielfalt von Bewährungen und Operationen ab die Ich zu deinen Gunsten formuliere und galant vor dir in Szene setze. Alternativen zu dem was Ich da vorgesehen habe gibt es nicht und wenn du trotzdem ausflippst und dich von Meinen Forderungen distanzierst, fällst du ins Ungerechte an dir selbst und damit an der Universenwelt in der die Myriaden *sind* und leben. Meine Absicht ist es in den Gärten der Natur Geschöpfe anzusiedeln von enormer Tatkraft, Sensibilität und Redlichkeit des Handelns wie aus einem Guss, in Freundschaft schwelgend, Freundlichkeit und süssem Wohlbehagen.

Woher wohl kann es kommen, dass noch allzuviele sich befehden, Unruh stiften und Millionen brave Bürger ihrer Wohnlichkeit berauben? Weil noch vielerorts der Eigensinn das Zepter führt in kindlicher Manier. Gerade dir ist es darum zu Pflicht gegeben, dich den Bedürftigen voll Liebe und Erbarmen zuzuwenden, so wie es deine Kräfte alleweil vermögen. Was lau ist soll von dir zur Glut entfacht und was mager aufs Entschiedenste gemästet werden. Auf Meinen hochsensiblen Beistand kannst du ständig zählen wie auf Meinen Willen Wohlverstand im ganzen Menschensein zu etablieren.

5

Meines Förderns Strategie

5.1

Liebevoll und heiter sollst du durch des Lebens Wirrnisse flanieren, um sie zu entflechten und befrieden und bereichern wo du gehst und stehst mit wunderbarer Selbstverständlichkeit und Herzensgüte. Das bedingt ein reines Herz mir zugewandt und mit Mir inniglich verwandt in wunderbaren Geistessphären. Feine Labsal lässt dein Herz vor Freude überfliessen, derweil du unvermittelt vor dem Tor zur Heiterkeit Elysiens erscheinst um freudestrahlend einzutreten.

All dein Wohl und Wehe hängt an dem was *Ich* dir zuerkenne und was die Entfaltung deines Wesens innig stimuliert. Aus diesem Grunde können für dich keine echten Übel existieren, denn was dich noch so sehr betrifft ist immer Meines Förderns Strategie, um deinem Leben Schuss und Pfiff, Erfülltheit und Bekömmlichkeit zu offerieren. So viele tückische Strapazen dich auch treffen mögen, keine ist zuviel, zuwenig oder unnütz für dein Vorwärtskommen auf der Lebensbahn. In diesem Punkte darfst du Mir vollends Vertrauen schenken und dich selbst unter Blitz und Hagel absolute Ruh bewahren im besonnenen Gemüt.

Was tunlich ist ist vollumfänglich und dezent in Meinem Tun enthalten. Was dich beseligt ist der Ausdruck Meiner Unbescholtenheit und Geistesstärke, die am Anfang wie am Ende aller Weltenoperationen Wache hält, dass keine Unbill in sie dringen kann wie in die hellen, heitern Hintergründe die sie auf's Köstlichste beseelen. Demnach ist, was immer auf dich zukommt, reinen Glückes Fluidum, von Mir gespendet und in dich gegossen fein und unversehrt. Deines Wesens Haupt soll einen Schimmer lichter Heiligkeit verbreiten, der männiglich entzückt und auf die Fährte bringt von Meinem Sinngehalt und Streben. Anspruch, heldenhaftes Kämpfen und Dich-selbst-Regieren sind dein Los, und Wachheit, Seinsbewusstheit, Siegeslächeln, Herzenswonne und Beseligung dein Ziel.

5.2

Die Keime reinen Friedens habe Ich schon längst in dich gelegt. Ich fordere dich dazu auf sie ohne Vorbehalt und Zögern zum Erblühn zu bringen in deines Daseins superprovisorischem Manöverieren. Verfahre nach dem Sprichwort: „Du erntest was du säst", und werde nimmer müde hoffnungsvoll die besten Körner in dein Beet zu streuen. Dafür sorgen will Ich, dass von ihnen Frucht in reicher Fülle resultiert und Freude herrscht ob solchem Segen.

Niemals bange soll dir werden, wenn du die Möglichkeiten überlegst wie etwas schief und fahrig enden könnte. Ich reinige die Wege, die dir zur Verfügung stehn, sodass dir alles wohlgelingt was du in guten Treuen angetrieben.

Siehst du dich mit dem belohnt, was du erhofft hast, darfst du ruhig zu Mir beten: Herr ich lobe dich ob deiner Weisheit, Weitsicht und Gerechtigkeit die du an mir geübt und wahrgenommen. Das ist viel mehr als ich mir jemals hätte denken können und viel konzentrierter als noch meine Meditationen über Welt und Leben sind. Du trägst hinzu, derweil ich ernten darf, und deine Worte sind: Ich segne dich von Zion her mit allen Kräften die Mir eigen. Das Fürstliche ist mir von dir in Meines Wesens Dürftigkeit geflossen und dein Reichtum hat mich reich gemacht in vollen fabelhaften Zügen. Wie eh und je ist es an mir des Dankens Feuer anzufachen und immerzu auf Trab zu halten. Da mehren sich die guten Gaben und Entzücken greift um sich ob all dem Wunderbaren das sich mir verheisst, beschert und bietet. Das Gute steigert sich zu einem Strauss von Schönheit und Gedeihen und trägt die Seinsverständigen galant ins Sternenwohl.

5.3

Erbarmen findet wer Mich ehrt und Meiner Gegenwart
gewiss ist in den Himmelssphären. Meine Losung lautet:
Guter Wille öffnet alle Türen in Mein Reich der
wunderbaren Geistesgaben. In den Gemütern um dich
mögen noch so wilde Stürme tosen, Ich stehe firm und
felsenfest in dir als das Symbol der Stärke und Entschiedenheit, der Fairness und Verteidigung des
Anstands im bewegten Denken und Gefühl. Was wahr ist
kann nicht zugleich unwahr sein, was stimmt stimmt
alleweil für die Besonnenen in reiner Redlichkeit und
Gottesfreundschaft.

Mein Wesen ist ein Vorbild lichtdurchschossner Klarheit in den Himmelssphären. Es durchleuchtet Meine
Sonnen sausend durch den Universensaal. Erhebe dich,
oh Mensch, zu Meines Alls Natürlichkeit wie auch zur
heiteren Unendlichkeit, die Ich bewusst und wirkungsvoll, unverletzlich und gewissenhaft bewohne.

Ich kenne keinen universenweit der Mir auch nur im
Ansatz irgendwie gewachsen wäre. Alle niederträchtigen
Gedankenwesen mögen noch so viel Verführung, Unruh
und Verzweiflung stiften, Mein Innerstes berührt das
nicht in seiner Unbeschwertheit, Selbstbewusstheit,
Heldenhaftigkeit und Allegrie.

Nenne Mir ein Kraut das dem gewachsen ist was täglich
krankhaft, ungebildet und verlogen auf der Welt
erscheint, du wirst es nur in *Meinem* Garten finden. Ich
gelobe dir es tüchtig anzuwenden, wenn du nur den
kleinen Finger rührst, es in Mir und Meiner sprossenden
Natürlichkeit zur Resonanz zu bringen. Hast du Mich
dabei gefunden feiern Meine Lebensgeister Einstand mit
dir und bedienen dich behutsam mit dem Wohllaut der
unendlichen Beglückung. Dein Bewusstsein weitet sich
zu Sterngeschwadern und entzückt sich hemmungslos an
ihrem majestätisch aufgemachten Raumdurchgleiten. Ihr
Wesen ist Mein Pracht-Entfalten und ihr Sich-Verstrahlen Ausdruck Meiner Universenliebe traulich, zart und

heiter in der Solidarität mit allen vielgeliebten Weltenwesen.

5.4

Kein Weg zu weit, kein Berg zu hoch für dich, um endlich doch einmal zu Mir und Meiner Hoheit zu gelangen. Viel Staub hast du von deinen Füssen abzuschütteln an der Schwelle Meines Lichthofs, doch dann tritts du ein in die Gemeinschaft mit den Heiligen der ersten Tage die da *sind* und sind in Meinem Sinn aufs Trefflichste gediehen.

Belastet dich dein Dasein irgendwo, so lasse dich von Mir im Nu mit Himmelsleichtigkeit begaben. Ich will, dass Meine Bürgen sich konstant im Wohlbefinden sehn und dass ihr Tun und Lassen als von Mir abgeguckt erscheint vor aller Welten Zügen. Das hat dann auch auf dich enormen Einfluss in Bezug auf strahlende Bewusstseinsstärke, überragende Geduld und hellste Wachheit im Unendlichen. Du überlegst nicht mehr und klebst an deinen Weltendingen, doch du schaust was *ist* und was du Bist in Meiner Strategie der blütenreinen Offenbarungen. An dieser Evolutionenstelle kann dir wahrlich nichts mehr schaden. Du schweigst im Universenschweigen und meidest auch nur den geringsten Laut aus deines Seins Unendlichkeit herauszuhören. Selig bist du im Betrachten geistiger Gegebenheiten die da sind: Allmütterliches-dich-im-Sein-Verschweben, leichtfüssiges Benehmen vor den götterlichteerfüllten Thronen, sowie Wahrhaftigkeit im Einen deiner hochgebornen Weltgeschichte mit der Meinen.

Wer rudert da im rosnen Morgensonnenlicht dem Weltenhorizont entgegen? Du und Ich selbander mit dem Seinserkennen. Du erfrischest dich an jeder Stelle wo der Lebenssonnenstrahl dich trifft und dich mit Licht begabt aus Meinen Quellen, Höhn und Herrlichkeiten. Verwandlung ist mit dir geschehn in ein vollendetes,

fragiles Geisteswesen, dessen Züge Licht sind, Seins-
potenz sowie unendliches Sich-in-die-Himmelsweiten-
liebevoll-Verstrahlen.

5.5

Koste du von dem was Ich dir Bin in vollen Zügen und
erlabe dich am Duft der Grenzenlosigkeit in die Ich dich
voll Liebe und Bewusstseinskraft geführt. Mach aus dir
etwas, was Millionen andere noch nicht geworden sind,
indem du Mich erfährst und dir damit die Taube weg vom
Dache in den Mund geflogen kommt. Endlich hast du
alles das begriffen was es braucht um einer neuen Welt-
betrachtung würdig und erwählt zu werden. Ein Spinner
warst du und nun liegt vor dir ein wunderbar geordnetes
Gewebe das sich wahrlich sehen lassen kann. Du
vermeidest, dummes Zeug zu faseln und erliegst dem
Zauber der Unendlichkeit der liebvoll aus dir spricht und
alles einfach macht, holdselig und gediegen.

Schau doch, die wahren Werte kommen immer noch
von Mir an deine Weltenwiege und verblüffen dich und
sammeln sich behutsam um dich her, um dir des Lebens
Kunst und Gunst begreiflich und solvent zu machen. Es
braucht nicht viel zu sein was dich entzückt in Meinem
Universenreichtum und Gehaben. Vom Genuinen fliesst
ins Minikrime jene Dosis die es braucht um Glück und
Staunen, Seligkeit und Wohlbehagen zu erzeugen. Der
Sinn der Welt ist innige Verständigkeit und liebevolles
Geltenlassen dessen was da *ist* und was trotz der
Verankerung das Eine, Ganze darstellt das Ich Bin und
das von oben bis in alle Tiefen nur sich selber kennt, und
zwar in einem wunderbaren Schwunge der Begeisterung
am Sein und Leben, ausgestaltend Streben und um die
Potenzen zu verweben deren Ich gewärtig und gewürdigt
bin.

Das Wesentliche ist die Haltung Meiner Bürgen dem
gegenüber was Ich biete, weil in ihr die grosse Wende
und Zäsur geschehen soll in Sachen Seinsverständnis,

Lebensstil, Befindlichkeit und Virulenz im neugewordnen Leben. Du Bist und sollst es sein auf ewig im Bewusstsein des Allherrlichen das in dir ist aufs Trefflichste gediehen. Dann siehst du dich entfaltet wie die Blume aus der Knospe, wie der Kelch aus dem Behältnis seines Werdens. In die Freie strebtest du und bist als Held in sie geboren; dem Unendlichen galt all dein Sehnen und du bist in *es* geflossen wie der Fluss ins Meer und wie des Adlers Schwinge in des Himmels sich verlichtenden Azur.

5.6

Wer kommt muss wieder gehen, wer aufwacht muss zu seiner Zeit dem Schlaf verfallen. Nur Ich Bin ewig wach im Seinsbewusstsein das Ich wunderbarerweis erlebe. Wann endlich stellst du dich jene Reihe die von himmlischen Gesängen was versteht und sich nicht mehr verführen lässt von dem was sich als irdisch aufgemacht erweist in langgedehnten Lebenszügen. Unfertig ist was du geniessest alsolange bis du vollends in dem aufgegangen bist was Ich dir biete an unendlicher Gewähr im Wirkkreis Meiner geistesabenteuerlich geschriebenen Annalen.

Du drehst an vielen, allzuvielen Hebeln die dir zur Verfügung stehn und bleibst an ihnen hängen, sodass sie dir die Sicht verdrehen auf das Eine, was dir nottut in der Fülle deiner Nöte, nämlich, dass du dich erkennst als Integral des Universenseins, sowie als weltumspannender Begründer und Bewahrer der Allherrlichkeit die Ich mit Vehemenz und Nonchalance vertrete. Kannst du Meinen Charme und Mein gezieltes Augenmerk für dich gewinnen, trete Ich aus dem Geheimnis Meiner selbst hervor und offenbare dir das Wesen Meines Seins, das auch das Deine ist, in wohlverborgnen Grüften deiner feingefügten Seele. Da wirst du staunen und dich ungesäumt daran erinnern wie naiv du warst im Banne deiner täglichen Affären wie im Gerangel um den goldenen Pokal der deinen Sieg allüberall verkündet. Nun ist dein Wille in Mir stark und sehnig, liberal und unfehlbar geworden. Das macht dich unverletzlich gegenüber allem Zeitenräumlichen und setzt dich mitten in Mein Seinspotential, wo Friedefertigkeit das namenlose Glück verbreitet das dir ewig blüht und sich an dich verduftet, liebevoll und zärtlich, unaufhörlich magistral. Alle deine Wege sind beschritten hin zu Mir und deine Schlachten ausgestritten im elysischen Revier, das dir geweiht ist überall in deinem Dich-auf's-wohlgefälligste-Betragen.

5.7

Wer konsumiert muss auch dafür bezahlen; wer Kräfte sammelt soll mit Ihnen umzugehen wissen in der Weise reiner Weisheit die Ich seit Urzeiten propagiere. Was das Ewige betrifft kann es dir nimmer schaden, wenn du dich bei Mir nach seinem Wert erkundigst und darüber nachdenkst, was es dir wohl bringen könnte in des Daseins Installationen. Was Mich betrifft ist weder Ursach noch gelinde Not vorhanden, neues Wissen anzuhäufen in den universenweiten Hallen Meiner Geistpotenz und Strategie. Mein Sein ist Ruh und Wirkung, Wanderlust und Statik, Ebenmass und Unersättlichkeit in einem und verliert sich in unendlich weitgesetzten Weiten, die Ich selber kaum noch überschaue in der nie endenden Bewegtheit und Beweglichkeit die ihnen eigen.

Hin zu dir gedacht erhebt sich über deinem Haupte deines geistgewinnens Gloriole, die gestaltet sich zu einem Nimbus von Erhabenheit, Bewusstheit, Seriosität und Wohlgefälligkeit an allem was du dir in guten Treuen liebevoll errungen. Du siehst es nicht, Ich seh es schon und winke dir Erbarmen, Freundlichkeit und Wohlgeborgenheit in Mir entgegen. Das soll dich trösten und noch über universenweite Strecken zu Mir führen im Erkennen Meiner Seinskapazität und Jugendfrische durch Äonen. Es mag dir silberselig vor den Augen leuchten was Ich Bin und was Ich alleweil und ganz intim für dich bedeute. Indem dir deine Seelenaugen aufgehn wirst du nichts als Friedefertigkeit und Ruh, Behutsamkeit und himmelhohe Einigkeit gewahren. Dir wird bewusst, was es denn heisst, im heiligen Elysien zu weilen und die Gedankenfülle und Gemütsbewegtheit im unendlich Heiteren zu pflegen. Besinne dich auf Mich und was Ich für dich Bin und lerne deines Lebensatems Fülle mit dem Meinen zu vereinen in der Einheit dessen was da *ist* und ewig währt und sich des Seins erfreut im Lichten, Seligen und Makellosen.

5.8

Was dein Anstand dir gebietet ist bei Mir schon längst vorhanden und bereichert sich an dem was *ist* in liebevoller Schau und in der Gottheit Unterweisen. Deine Lage ist nicht hoffnungslos solange wie du voll Vertrauen davon überzeugt bist, dass Ich dich zum Guten, Besseren und schliesslich bis zum Majestätischen begleite, das Ich Mir Bin in seinsgewissen Geistesregionen. Ich schwärze niemals an, wenn auch sehr viele noch als schwarze Schafe sich erweisen. Dennoch will Ich dir voll Güte und Gelassenheit bedeuten, dass es ratsam ist dich nicht zu ihnen zu gesellen. Sie tragen schwer an ihren eignen Lasten und müssen sich in langen Phasen rechter Einsicht langsam doch zu Mir und Meiner Makellosigkeit erheben.

Es herrscht ein buntes Treiben unter den Menschen. Viele wollen wissen worum es wirklich geht und verfassen eine Theorie die haargenau zu ihnen passt und die natürlich zu den andern gleichfalls passen soll. Doch wisse, dass nur *Ich* in dir und allen anderen die Situation beherrsche und aus ihr genau die rechten Schlüsse ziehen kann, die zu Gerechtigkeit, Verträglichkeit und Menschenwürde führen.

Wieso denn streiten sich die Menschenvölker ständig um denselben Brei herum? Weil sie nicht begreifen wollen, dass sie unter Meiner gütestrahlenden Regie eine Einheit sind von gleichbestimmten Wesen, die sich wie Brüder, Schwestern und Vertraute ihrer Herzensgründe und Empfindungen benehmen sollen. In solcher Weise, Weitsicht, Weisheit und Genügsamkeit allein kann sich die Harmonie des Himmels liebevoll verbreiten und mit ihr Glück und Seligkeit im Menschenreich das Ich begründet habe. Komm und sieh und schliesse dich den Meinen an und schau auf das was droben ist im Himmel der Genügsamkeit, der Seelenaugenfrische wie des Seins in Lauterkeit und Frieden.

5.9

Aufbruch ist die ständige Parole die Ich dir liebevoll und heiter um die Ohren schlage. Nur gelegentlich zu wachsen geht nicht an, es muss die Stetigkeit zum Zuge kommen, wie die Zuverlässigkeit, wo Grandioses ansteht und ein Werk von Meiner Dimension und Ausgereiftheit der Vollendung harrt wie der Erfüllung jeglichen Erwartens. Wie schon überall steh Ich dahinter wo gehämmert wird, gezogen und gestossen, auf und ab bewegt und ziseliert mit feingefügter Akribie. Es ist die Kühnheit der Gedanken wie die Genialität des kontinuierlichen Erfindens, die Meine Züge offenbaren und dem Vollendeten den Nimbus der unendlichen Beflissenheit und Tüchtigkeit verleihen.

Ich spreche dich direkt in deiner Herzensmitte an, wo Ich dich am sichersten berühren und nach Bedarf zur Räson bringen kann. Es tönt vermessen, aber ist in Meinen Augen ganz natürlich, dass du von Mir auf den Weg geführt wirst Gotteswürde und damit Glückseligkeit und namenlose Unbeschwertheit zu erlangen. Die Evolution ist eine Drift der Dinge Meinem Vorbild und Entzücken, Meiner Ausgeflipptheit und Gerissenheit entgegen. Du bist in Meinem Allsein als ein sagenhaft gebildetes Gedankenspiel davon auf's Angenehmste registriert und bildest mit den Myriaden eine Front von Zuverlässigkeit und Wirksamkeit, Maseriertheit und Methode von genuinem Glanz und überwältigendem Prosperieren. Das ist es was in Meinem Debut und Erfüllen zur Debatte steht und was die Seinsbegeisterten auf Trab erhält in ihrem feingesponnenen und kultivierten Operieren. Du reisest in die Bande der Versierten und Bewundernswerten ein, die von Mir mehr als nur den Schimmer einer Ahnung wahrgenommen haben. Es hat getagt vor deinen Seelenaugen und die Blüte des Erkennens ist in Schlichtheit vor dir aufgegangen um den Zauber reiner Wohlfahrt und unendlichen Beglückens, vollen Seelenheils wie lateraler Unbeschwertheit zu erfahren.

5.10

Kontrapunkte setzen ist mit Meinem Flair für Seinsgediegenes und Förderliches, Tiefgegründetes und Relevantes zu erklären. Da geschieht es, dass du manches nicht begreifst was abläuft in der vielumfassenden Geschichte deines Lebens. Du stössest dich an Ecken, Kanten und Verwerfungen die dir das Leben massenweis beschert und frägst dich oft: Warum gerade mir? Ich aber sage dir: Du hast die Widerstände akkurat für dich gesetzt um an deren Überwinden stark und reif zu werden bis zum vollendeten Beherrschen deiner selbst in allen Lebenslagen. Schlicht und einfach dargestellt sollst du ein ganzer Mensch und Bürge Gottes werden, der sich selbst erkannt hat als das Ewige an sich das vorwärts schreitet und sich dabei gezielt verbreitet in des Seins erhebender und hocherhabener Manier.

Es ist der Puls des Gottesherzens den du spürst in deinen muskelstarken Unternehmungen von Fall zu Fall, von Höhenzug zu Höhenzug, Treppauf, Treppab in wunderbarer Folge und Lasur. Nach all dem seh Ich dich Morgenluft und Abendfrische wittern wo du gehst und stehst und spüre wie sich dein Profil verbessert, firm und tänzerisch, rechthaberisch und geisteselitär. Nicht umsonst wird du von Mir bevorzugt und wie von linden Frühlingswinden in die Höh getragen. Du darfst dich sonnen in so vielem was du dir an Seinsvertrauen, Standrecht und Gewissenhaftigkeit errungen und bist dir selbst ein As in Sachen Unerschrockenheit, Beweglichkeit und Sprungkraft über alle Standesgrenzen. Dem Unendlichen bist du als einer offen der, worum es letztlich geht, geschaut hat und der in silbentänzerischem Wortgespiel des Herren Lob verkündet, der Ich Bin, in Meinen seelenvoll gewordnen Äusserungen, wohlgeborgen in der ewig lichten, sinngeladenen und wonnevollen Bläue des Azurs.

5.11

Tretet vor ihr Seinsgesegneten und weidet euch am Wesen der Vernunft das Ich Mir Bin und das ihr euch gerade anschickt zum Gefährten zu erwählen. Des Lebens Tücken wälzen sich euch drohend und gebieterisch entgegen, doch ist es ihnen nicht gestattet euch ein Leides anzutun zu dauerndem Erliegen. Ich schütze euch und eure zierlich aufgemachten Glieder und gewähre ihnen Labung aus der Fülle Meiner Fürstenschalen.

Heil und heilig geht ihr aus dem Prüfungsstress hervor und seht euch eine sagenhafte Stufe weit emporgehoben. Dazu aber sollst du wissen, dass Mein Eigenes in dir zur strahlenden Erfüllung drängt mit ausgesprochnem Sinn für Wohlgemutheit, Harmonie und Himmelssegen.

Nichts könnte wesentlicher an der Reifung und Beförderung des Weltenseins bewirken als was *Ich* an ihm vollbringe: Satz um Einsatz, Sieg um Sieg. Du schaffst es, mählich mit Mir gleichzuziehn und geradezu in Meine Stapfen einzutreten. Hoheit götterlichter Art und Weise ist dir dann geläufig und solvent geworden, Edelmut fliesst sachte über deine Züge und wer immer dir begegnet ist entzückt ob deinem ruhig strömenden Gehaben.

In der Wahrheit der beziehungsreichen Gottvernunft zu leben wird dir zur bewussten Selbstverständlichkeit, die lässt sich nimmermehr verbiegen. Du Bist und reckst und streckst dich in der Morgenröte deiner neuen Wesenszeit gekonnt und lächelnd dem Unendlichen entgegen. Ewiges erwächst dir aus der seinsbewussten Art die Lebensdinge anzugehn und ausserordentlich geschmeidig darfst du die Gefilde *Meiner* Provenienz und Lustbarkeit betreten.

Sei und singe Meiner Werte Lob und spute dich, die vor dir artig und gewissenhaft versammelte Gemeinde leichterdings auf deinen Schwingen in die Geisteshöhn zu tragen.

5.12

Wenn die Vöglein ihre Lieder singen ist der Morgen wieder da und die Geisslein hüpfen, springen freudevoll vom Dort zum Da. Du gewinnst in deinem Staunen mehr und mehr von einer Welt die mit ihrem Tun und Raunen täglich in dein Schauen fällt und sich dir zutiefst vermählet in der Seele lichtem Grund, welcher dir vom Harm erzählet und von des Himmels Liebesbund.

5.13

Ich treffe dich im Raum des Friedens wo du eintrittst wenn du schläfst oder wenn du tiefen Meditierens die Allgegenwart verspürst in der Ich Bin und wese. Wirklichkeit ist wo das Sein sich findet und der Grund gelegt wird für der Welten Existieren universenweit gesehn. Himmlisch trägst du dich ins Logbuch der Geschichte ein mit jedem klingenden Gedanken wie mit dem schwirrendem Gefühl des Freiseins in erhabenen Bewusstseinssphären. Des reinen Schauens tänzerische Kreativität beginnt beachtliche Dimensionen anzunehmen und ergeht sich in Projekten von bestechender

Originalität. Die Mitte wie der Umkreis eigenständigen Gestaltens sind gefunden. Aller Wille richtet sich darauf intensen Wohlklang auszuschütten, faszinierende Proportionen wie verblüffende Formate. Der Trend geht dahin das ins Wirkliche Gezogene in Schönheit zu vollenden und in einer Anmut vor die schauenden Gemüter hinzusetzen, dass sie innig applaudieren und den höchst gelungnen Werken einhellige Bewunderung zollen.

Betrittst du Neuland sind der Tücken viele die dich irritieren und vom Meisterkurs entfernen wollen. Sogleich trete Ich in Aktion und breite Meine Schwingen über das Projekt, damit es sich erhole und bald wieder den geplanten Lauf der Attraktivität verfolgen kann.

Bewusstes Sein ist eine Option von sagenhafter Süsse. Du Bist und atmest frische Freiheit in erwartungsvollen Zügen. Lebendigkeiten spriessen auf, und ihre Formung wird belebt aus Meines Geistes Virtuosität und Wirksamkeit in wunderbar beschwingter Anmut des Sich-Selbst-Bewegens. Dinge aus dem Nichts erschaffen fordert reine, reiche Fantasie und ist viel anspruchsvoller als Bestehendes zu ändern in unzählig aufgemachten Variationen. Beglückend ist es alleweil des Schaffens Werte auszuspielen und dem Kommen und Vergehn die Treue zu erhalten liebevoll und patriarchisch, konsequent und singulär.

5.14

Mittellos zu sein ist keine Zierde für den Alltag der betrübten Geister, die nicht ein und aus mehr wissen in des Schicksals Tücken und Fanal. Eine Träne für den Gott der Weisheit, eine Träne und ein unausstehlich Weh. Ein Appell an Myriaden Brüder gut zu sein und hilfreich in den körperlichen Nöten. Sanfter Tod und strahlendes Im-ewigen-Licht-Erscheinen sei ihres Wesens Trost.

Wo ist des Herren Heiligtum geblieben? Immer ist es da in jeden Wesens Mitte, Kapital und Süsse um es zu erheben aus der irren Qual. Schlussendlich Bin Ich allen ihre allerletzte Güte und ihr rettender Kristall. Es sind so viele die Mich suchen und Mich finden dürfen in des Herzens Einsamkeit und Einsicht, Seligkeit und Quirinal.

Ich Bin wie eh und je dein Licht geblieben und bewahre dich in Meiner simultanen Ruh. Die hebt dich in die Weiten Meiner Seinsprosperität und befriedet deines Herzens Stöhnen. So wie Ich Bin will Ich auch dir präsent sein und dir leichterdings die Grazie des Himmels und der Ewigkeit vermitteln. In deinem Innern schwelt das Zauberwort „Ich Bin" und soll zum Freudenfeuer der Begeisterung werden. In siebenfachem Tauschen sollst du rein und heilig werden vor den Augen Meiner Majestät. Dein Bekenntnis zu Mir nimmt feste, sagenhafte Formen an und überschlägt sich zur Verehrung Meiner Fülle, Fabelhaftigkeit und Genialität. Es ist der Thron der Weisheit den Ich dir bereitet habe, die Sensibilität der Liebe deren Halt und Heiligung Ich Bin in wunderbar gerechten Meisterzügen. Stehst du allezeit zu Mir so will Ich noch viel inniger und ausgedehnter zu dir stehen. Das Fest des freudigen Begrüssens will Ich mit dir feiern, wenn du dich befreit hast und an Meinem Fürstenhofe Einsitz nimmst in lichterfüllten Tagen. Zu Mir gewendet bist du ewig da und deine Wende ist dem Glück der ganzen Welt beschieden. *Sei* und sei gebenedeit, erwache und erlebe das Ich Bin im reinen Sein des Universensiegels.

5.15

Kleiner Mann was nun? Hochbedeutend werden ist dein Ziel an Meiner ewigen Hofstatt, wie in der Beschauung Meiner Himmelsgüter. Das zu leisten und erreichen ist recht viel für dein armseliges Gehäuse wie für deinen kunterbunten Lebensstil. Himmelsgrazie und Eleganz sind dir gewiss vonnöten, damit du das erreichst was du dir vorgenommen und was weit über deinen irrlichternden Kräften steht. Meiner Ordnung Mass kann mit nichts verglichen werden was da seine Güten zugleich mit dem ärgsten Unfug treibt, den man sich denken kann landauf, landab im irdischen sowie im Geisterlande, die Ich mit so viel Weisheit, Unerforschlichkeit und richtungweisendem Bewusstsein ausgestattet habe.

Du brauchst die Gaben Gottes nur im rechten Sinne anzuwenden, das heisst im Sinne der Gewissenhaftigkeit, der Lebensliebe wie der heldenhaften Tat für's Ganze Meines anspruchsvollen und fragilen Göttergartens, in den Ich dich versetzt und eingeschworen habe. Nur dein Bewusstsein hat ihn einst verlassen, denn das Wesen der Natur ist seit den Schöpfungstagen und bis heute glänzend gleich geblieben. Demnach gilt wie eh und je die götterherrliche Parole: Ändre deinen Sinn, oh Mensch, und sei, in Mir geborgen Meines Weltgedankens Subjekt und ausgesprochen redlicher Geselle des allherrlichen Verfügens. Bist du so, so ist für dich das Paradies zurückgewonnen jetzt und ewig, das dir als unsterblich aufgemachtes Wesen ohne jeden Abstrich zur Verfügung steht. Deine Krallen sind für immer eingezogen und du lebst und liebst als ein Verklärter in des seinsbewusstseins Offenherzigkeit und Elegie, Traulichkeit und heiterer Gelassenheit in einem. Mein Nimbus der Gottseligkeit ist dir genausogut zuteil geworden, und du Bist und bleibst das wunderbar gesegnete und wonnevolle Echo Meines götterlichten Dich-Berufens.

5.16

Ohne jede Kümmernis darfst du auf Meiner Bahn zum Lebensziele schreiten, wenn du das beachtest was Ich dauernd in den Wüstenraum der transpirierenden Gemeinschaft aller Menschen rufe. Ohne Zweifel ist es dir vergönnt dich bolzgerade und geschickt zu halten, wo Myriaden völlig unbesonnen ihre kuriosen Wege gehn. Die Kontinuitität des Handelns nach Gesetz und Sitte ist dir förmlich auf den Leib geschrieben und befördert deines Wesen wundervolle Strategie des Seiens bis zum Gehtnichtmehr. Nun will Ich dir was ganz besonderes verraten mit dem Ausspruch: Geh in dich und finde Mich ganz selbstverständlich ohne jedes Suchen. Etwas Liebenswerteres und Traulicheres kann es da nicht geben. Es offenbart sich dir ein neues Weltbewusstsein von bedingungsloser Wohlfahrt, Wachheit und Natürlichkeit in deinem Ringen um den Lebenspol. Das nenne Ich Erfolg im wahren Sinn des Wortes wie in der Entschiedenheit mit der du die Etappen deines solitären Schreitens angehst. Nimmermehr gerätst du in des Trudelns Fassungslosigkeit, weil dich die Sicherheit des Seins stabilisiert und dir das Einigsein mit allem wunderbar begreiflich macht im höchsten Selbstgenügen.

Das Ich Bin erhellt in dir die letzten Winkel deines variationenreichen Geisteswesens und geruht dir Klarheit, Seinsbeständigkeit, Allliebe, Frömmigkeit und Gottbewusstheit zu bescheren. Das ist wahrlich magistral und meisterlich in vollen runden Zügen und bereitet dir den Zustand der glückseligen Verbindlichkeit mit Mir und Meinem Anhang in der Innigkeit der Universensphären.

5.17

Die Osterglocken läuten dir ins offene Gemüt, wenn du des Christusgeistes Sinnspruch akzeptierst und ihm die Führung anvertraust in deines Menschenseins skurilen Situationen. Den Laufpass gebe Ich nur jenen die unvernünftig fordernd vor Mir stehn. Ich lasse sie in ihrem eigenen Safte schmoren bis sie reif sind sich in Demut und Bescheidenheit an Mich zu wenden. Drôle de guerre, dass Ich Mich selber zu Mir wende in der Einheit der Geschöpfe und Gestirne, Welten, Universen und Gesinnungen mit Mir. Dies zu begreifen ist auch dir aufs Tunlichste und Fabelhafteste bestimmt und vorgegeben. Es wäre witzig wenn du nach dieser Einsicht noch die

Hand, selbst gegen das Bescheidenste, erheben würdest. Alles Lebendige ist verbrüdert und verschwägert, inbegriffen und präzise mitgezählt im grandiosen Chor den Ich, das Sein, beschreibe. So bitte Ich dich, lass die Sanftmut und die Herzensgüte über alles fliessen was dir so begegnet in des Lebens seinsnatürlicher Versiertheit und Gediegenheit, Bewusstheit und Regie.

Ich Bin am Werk wo du das Deine pflegst und hätschelst, auf den Scheffel stellst und nur zu oft ins Schattenloch vergräbst. *Ich* leide wenn du Leiden produzierst und Bin von deinem wie vom allgemeinen Seligsein ergriffen, merk dir das. Fallen stellt dir dein Verstand von Ponte bis Pilate, derweil dich dein Bewusstsein aus der Taufe hebt ins überirdische Befreien. Es ist die Schläfrigkeit die dich in viele Löcher tappen lässt auf deinem Kreiselgang durch düstre Zeiten. Doch, wo du immer anstösst, schreckst du auf zu grösserer Intensität im Sein und Leben und gewinnst damit recht allgemach den Kranz für's ewige Bestehn. Du bist in Mir der Hochgebenedeite Meines Reichtums von unendlicher Erhabenheit und Weite, Glorie und Gottseligkeit im Wunder des Mich-Selbst-Vermählens mit allem was da *ist* und lebt und lernt und Ewigkeiten und Glückseligkeiten überdauert.

5.18

Seinsbewusste küssen Meine Füsse wenn sie ihr Bewusstsein scharf auf Mich gestellt und mit Meinem Bild gesättigt haben. Ihrer Weisheit und Gerechtigkeit obliegt es ganze Völker mit Geduld und Weitsicht, Edelmut und Raffinesse zu Mir hin zu führen. Ihr Verstand zieht sich von einem Kontinent zum anderen und noch viel weiter, bis die Suchenden in ihm in Fülle fündig werden und sich ändern in der Länge wie der Breitenspanne ihrer Lebenssituation. Du bist gefordert es mit ihnen gleichzuhalten aus der Motivation heraus, dass *Ich* in dir die Schwergewichte trage die dir Kümmernis und Kauderwelsch bescheren wollen. Somit kannst du frei und froh aus dir heraus agieren und deiner Überzeugung Nachhall und Beachtung, Bewunderung und Seinserfolg bereiten.

Lässt du Meinen Einfluss in dir walten kann dich nichts mehr mit Beschlag belegen was dir Unlust und Malheur bereitet. Als Geimpfter gehst du frischfröhlich aus dem Pfuhl der Schattenkompanie hervor, die dich beschränken will in deinem götterherrlichen Agieren. Ungezählten geht es so, dass sie Meines Sangs und Klangs gewärtig werden und sich ihm zur Seite stellen als die Soldateska der geheimnisvollen Mächte die das Gute fördern und das Abscheuliche verwandeln ins Gefällige von Mir. Restlos begeistert aber kannst du sein von Meiner seinsbrillanten Führung über deinen Horizont hinaus in himmelweite Patrozinien, deren Nimbus von Erhabenheit erzählt und richtungweisender Galanterie in Sachen Seinsgeschick und multitalentiertem Seinsgenesen.

Deine Bindung an Mich zeitigt Herzenswohlfahrt und Genügsamkeit, elysische Rendite wie Plausibilität der Gläubigkeit mit der du in Mir ruhst und rastest, selig bist und weise mitten in der Munterkeit von Meinen götterlichten Liebesgaben.

5.19

Punkto Raffinesse und Genie muss niemand glauben er könne es Mir auch nur im Ansatz gleichtun oder gar Mich schneidig überholen. Meine Schäfchen sind schon längst ins Trockene gelegt, derweil den Deinen noch jedwelches Unheil droht und gar mancher ihre Wolle scheren will in räuberischer Weise auf der Gaunertour. Deine blanke Hoffnung geht dahin, es mögen dir dereinst bewundernswerte Zeiten blühn, welche du geruhsam und gemächlich, heiter und gestillt erleben darfst. Du trödelst, blödelst und flanierst, derweil die Jüngeren den Lebenskram verrichten. Doch geschieht gar wenig von dem Wunderbaren, welches du als Nonplusultra deines Über-dich-Verfügens vorgesehen und erwartet hast. Es bekribbeln und betrippeln dich zehntausend Unannehmlichkeiten. Taxfrei gehst du nie zu Bette und das Zwicken in den Beinen hört selbst dort mitnichten auf. Hättest du beizeiten *Meine* Kompanie gesucht statt sie zu meiden, wäre dein Bewusstsein anders, wohlbekömmlicher und sanfter präpariert und die Lebensnörgeleien würden dir gering erscheinen vor den grandiosen Welt- und Zukunftsbildern mit denen Ich dich stets bei guter Laune halte. Du geniessest was Ich geistig dir bescher und siehst dich eingebettet in ein Universum von allgöttlicher Gewähr und liebevoller Pflege. Deine Lippen fangen an des Schicksals Weisheit und Erhabenheit zu loben, derweil dein geistiger Gehalt beständig zunimmt und Bedeutung akquiriert von unerhört gediegnem Ausmass und Gelingen.

Deine Pläne sind den Meinen angeglichen und vermählt, gleichgestellt und gutgeschrieben worden. Schütteres ward ausgeschüttet und dafür ist glanzvoll Scintillierendes in deine Meisterzüge eingeflossen. Du bist jener der du wirklich Bist geworden, das heisst, bist der Ich Bin und der Ich traulich und beschaulich stets in dir als dich verweile. Heil und heilig Bin Ich dir geworden und vermache dir Glückseligkeit durchs Band und durch verheissungsvolle Weltenzeiten.

5.20

Noch vieles mag dir recht bedauerlich und mühsam, rechthaberisch und dumpf erscheinen, doch mit *Meinem* Blick gesehn verändern sich die Lebensdinge konsequent zum Besseren in allen Disziplinen, Institutionen und Gesittungen in Mir. Das hört sich wie ein Aufbruch an in eine Zukunft höherer Gefilde und ist es auch wie Ich dir noch so gern aus eigener Erfahrung und Begeisterung bestätige. Der Schritt zu diesem Grossereignis in der Evolution von deinem Wesen wie auch in der

Weltenevolution vollzieht sich durch Verklärung des Bewusstseins auf die Stufe der Erhabenheit, der Universenschau und der Gottseligkeit in Meinen Gauen.

Du magst erstaunt sein über so viel Selbstgefälligkeit und sicheres Gespür für Grandioses in der allmenschlichen Struktur. Doch im Erkennen ist es eine Selbstverständlichkeit von überragender Mixtur und Süsse des Erhaltens, die dir auf's Intensivste wohlbekommt für dein gesamtes Sein und Streben.

Was dich im Künftigen betrifft hat Mich schon vor Urzeiten in der Einheit aller Weltendinge und Gegebenheiten gleich betroffen. Das macht, dass Meine Perspektiven auf die langgedehnte Zukunft hin durchsonnt sind von der Sicherheit der Chancen auf Erfolg die unerschütterlich und tragend ist bis in die kompliziertesten Agglormerationen.

Das Kontrahententum entfällt weil in dieser Phase der Entwicklung alle Gruppen, Völker, Nationen und Beförderer der Menschenrasse an demselben Stricke ziehn, um so der Einigkeit ein Freudenlied zu singen wie um ihr zum Durchbruch zu verhelfen auf der sonnenklar gesetzten Evolutionenspur. Die Fähigkeit zum strahlenen Erfolg ist mehr denn je an die Beteiligten vergeben und lässt sie, wie in ihren Träumen, in die Gottesordnung und Befreiung, Seinsbeglückung überragende Geduld und Geisteswonne auferstehn.

5.21

Wo die Wachheit waltet im Gemüt ist Frieden, Fortschritt und Verbindlichkeit mit Mir zu spüren. Das Gefällige vermehrt sich währenddem das Müssige vergeht vor der Brillanz, Beständigkeit und Seriosität des Ewigen im allgöttlichen Verfügen. Merk auf wenn Ich dir an die Tafel des Gewissens schreibe: Du bist zu Höherem berufen als du jemals warst in deinem Drängeln, Gierig- und Neugierigsein und Mit-den-Lebenskräften-recht-frivolerweise-Spielen. Dir ist von Mir geboten besser auf der Hut zu sein vor den Verführern, die dich im Gedankenreich umlauern und dir manchen dummen Streich verpassen, eingepackt in eine glänzend scheinende Idee. Allmählich lernst du haargenau zu unterscheiden zwischen Ramsch und Rarität, Selbstischem und Kommunalem die dir ständig eingetrichtert werden aus der Welt des Widerstands wie der des Fortschritts in den Lebenssphären.

Selbst das Widerstrebende hat seinen Sinn indem es in dir Gradheit, Redlichkeit und Güte domestiziert. Nicht verdammen sollst du was dich quält sondern mit Geduld ertragen und es als Mittel akzeptieren zur Erziehung und Befriedung deiner flammenden Emotionen. Sinn macht was aus Meiner Küche zu dir flutet, Ebenmass und köstliches Gezwitscher sind vorab in Meiner Gärtnerei zu finden.

Einmal liegt der Glanz des Ewigen auf deinen Zügen, wenn du es meisterlich verstehst dem Anspruch Meiner göttlichen Vernunft und Wahrheit zu genügen. Ab dato schwingt dein Seelensein in hellen Freuden, weil es überwunden hat was nicht hieher gehört und weil es sich inzwischen in der Philosophie des Gutseins bestens auskennt als von Mir gegeben und geführt, in Meiner Andacht stillgehalten und dabei in die enormen Weiten reinen Gottbewusstseins integriert.

5.22

Das Wundermittel *Meiner* Provenienz fürs Leben heisst: selbstbewusst, gottselig, redlich, liebevoll und heiter sollst du dich ins Schicksal stellen, um es schliesslich würdig zu begehn. Sei vom Motto angetan: „Ich kann wenn Ich will", und wende es in allen Lebenslagen gütlich an, so sehr sie dich auch zwicken und bedrängen. Wisse, dass dich alles, was du so erlebst, Mir sachte zuführt in des Gottesreiches Riesenhallen. Deine Seinsverklärung schreitet unbeirrt voran auf sanften Niederungen und markanten Höhenzügen bis das

Einzigartige errungen und erreicht ist nämlich die Erkenntnis, dass du Bist des reinen Seins unendliches Geschmeide, seines Hofrats muntere Geselligkeit sowie sein Strahlenlicht, die Düsternis der Weltenmächte zu erhellen.

Das Transzendente offenbart sich dir und öffnet alle Grenzen zwischen Hier und Dort, Oben, Unten, Innen, Aussen dir zur Pracht und Seligkeit im Andersartigen. Es nehmen dich die Geistgebiete auf in ihrer Mitte strahlend hellem Schoss und überzeugen dich von dem was wirklich *ist* und was die Werde- und Vergehenszeiten masslos überdauert in der Sagenhaftigkeit des Ewigen, in die du, ihrer würdig, eingetreten.

Born der Weisheit, Quell des Lichtes und Verteidiger der Tugend bist du dir geworden und erlebst dich als Gefährte und Substanz der Urkraft die Ich Bin und die du Bist seit unerhört geschmeidigen Äonen. Nur im Erkennen dieser gloriosen seinsgeschichtlichen Manier darfst du dich als Gottgewandter, Losgelöster und Glückseliger bekennen. Deine Lippen künden wonnevoll dein göttlich Los und deines Herzens Pochen jubelt aller Welt das Sinngedicht des makellosen Seins in Mir und Meiner Himmelsgrazie entgegen.

5.23

Weiter geht die Reise aus den Ur-Ur-Gründen bis hinauf ins Wesen der Unendlichkeit das weder Grenzen noch Behinderungen in sich kennt, derweil es nur die reine Liebe kultiviert in Mir und Meinem götterlichten Angebinde. Was mag dich daran hindern, solche Unbeschwertheit, feierliche Dankbarkeit und Lebenslust so innig zu empfinden wie es Mir vergönnt ist in der Zauberkraft der Zeiten? Es ist die Lässigkeit im Umgang mit den Lebensregeln die Ich für dich aufgestellt und überall verbreitet habe. In ihnen appelliere Ich an deinen Seinselan und Schneid, die dich im täglichen Gesummse konsequent und sicher zum ersehnten Ziele führen sollen.

Es fehlt nicht viel, doch viel ist dann verloren, wenn du statt aufwärts in den Abgrund blinzelst der sich vor dir öffnet Mal für Mal. Allein von Mir kannst du den rechten Halt erwarten der dich die Fallen irdischen Formats und Zetterns überwinden lässt in eleganten Farbenbögen.

Berühren und Erschüttern sollen Meine Weisungen dein Herz und es voll Sanftmut und Empfindsamkeit zur echten Lebensweisheit führen. Noch ist nicht aller Tage Abend und aberviel kann noch von dir gewonnen werden im Bestreben in der Disziplin der Selbsterkenntnis Meilensteine zuzulegen. Du schaffst es und du lässest damit willig Meines Segens Sein in deine offne Seele fliessen. Ich kam dir längst zuvor und führ dich nun zur Einheit aller Wesen schlicht und dicht zusammen, um des allgemeinen Wohllauts willen der daraus im Weltenall ersteht. Nichts kann dich daran hindern, dich mit Vehemenz und Goodwill, Sehnsucht und Entschlossenheit auf Meiner Seite zu postieren, um damit dem wahren Menschlichen und Göttlichen gerecht zu werden. Wer willig ist den kann Ich willig auch erlösen, wer sich Meiner Spuren zum Erfolg bedient, der hat gewonnen was er immer suchte und was ihm glückselige Heiterkeit beschert.

5.24

Modern ist alles was sich Meiner Unerschöpflichkeit bedient, um figalant, grossspurig und erfolgreich aufzutreten. Mein Einfluss wird noch in den meisten Fällen unbewusst und taschenspielerisch vollzogen. Wo aber mählich das bewusste Sein zum Zuge kommt herrscht tiefempfundne Freude im Gemüt, derweil sich viele Widersprüche und Rankünen anstandslos und stimmig lösen. Deine Haltung gegenüber dem gesamten Leben wird gestrafft und ausgebügelt und lässt sich ohne weiteres als götterherrlich, paradiesisch und zuinnerst friedevoll bezeichnen. Das kommt davon, dass Meines Geistes Ambiance, in der du dich befindest, haargenau für dein Bedürfnis und Begehren zugeschnitten ist und stimmig macht was vordem arg zerfahren war. Dein Selbstvertrauen wie der Glaube an die höheren Gebiete sind auf's Tunlichste gewachsen und vermögen damit dich konstant bei guter Laune zu erhalten.

Hat es nicht soeben leis und kurz geklingelt auch bei dir? Noch manches ist dir ungewiss was Meinen Ohren hörbar und den Augen sichtbar ist tagein tagaus im Laufspiel vieler Göttergenerationen. Ich erlahme nie und stähle die mit müdem Blick und Zitterknieen zu Mir kommen. Meine Duldung, Muldung und Verträglichkeit sind unermesslich gross und fähig Myriaden bange, Seelen zu ertragen. Alle Meine Linien laufen ungesäumt ins Gotteswohl und gelten auch für dein empirisches Verhalten.

Möchtest du gewinnen habe Ich schon längst die ersten Preise ausgeschrieben und gewähre dir den Vorteil, in der Pole-Position zu starten, um dann nach deinem wie nach Meinem Einsatz auf dem ersten Podestplatz umjubelt und geehrt, beglückt und für den Rest des Lebens aufgemuntert und mit Meiner Zauberkraft belebt zu werden.

5.25

Für dein ganzes Leben garantiere Ich Entfaltung, ausgezeichnete Bedingungen und schlussendlich deines Herzens immanentes Wohl. Du begreifst mit was Ich dich tagein tagaus entzücken möchte und nimmst des Lebens Zauber aus dem Überfluss von Meinen silberhellen Schalen an. Wenn es dir gelingt, zu allem, was Ich dir entbiete, Ja und Amen hinzumurmeln, versetze Ich dich in den Zustand des allherrliches Genesens und Gedeihens an dem grandiosen Menschengötterwerk das Ich an deiner Stelle seinsbewusst in Szene setze.

Meine Gottestaufe klärt gar manchen Himmel auf im Lauf von hochkomplexen Kombinationen und Verwirklichungen denen Ich zum Durchbruch und zur seelenvollen Tradition verhelfe. Wie gerne Bin Ich deines Wanderns Weg und Stab, wie fliessend segne Ich dein Wollens süsses Resümee, Meinen Himmeln wunderbarerweis entgegen. Du darfst ganz gewiss erleben wie gewandt, gutmütig und begütend Ich Mich deinem Schicksal gegenüber jederzeit verhalte. Meines Formens wird kein Ende sein an dem, was du dir Bist, und was Ich in dir Bin in eigener Regie. Es ist ein zwiegeteiltes Unternehmen das jedoch durch Generationen von Vernunftbegabtheit, Sittsamkeit und Lebensmüh zur Wohlfahrt drängt in allen Disziplinen mehr zu werden unter Meiner zielbewussten Leitung und Regie.

Brachland soll in dir mit Nachdruck umgewälzt, besonnt und reich begossen werden, damit es Früchte trage von des Gottes Stil und Stillung, Seinsmoral und mütterlichen Minne. Wer sich zeitlebens diesem Thema weiht, wird an ihm sanft und selig werden in ausgesprochen zartgefühlter Seinsmanier. An diesen ist Mein Wille auf's Erbaulichste geschehn, nachdem die Seinsbegeisterung geziemend eingeschlagen. Als vollendet ist dein Kontostand in Meinem Hause deponiert und darf sich wahrlich sehen lassen in der Einheit des Bewusstseins wie der Grazie des friedevollen Miteinandergehns.

5.26

Mein Wille soll der Deine werden in des Auferstehns Gebärde die sich in und ausser dir mit purer Lebenskraft vollzieht. Die vifen, strahlenden Gemüter sind den zimperlichen stets voraus und wissen mehr als sie von Welt und Lebenssinn und Sternenräumen. Geselle dich zu ihnen und sei nach ihrem Beispiel aufgeschlossen, brüderlich und tatenfroh wie sie. Das Allmenschliche tendiert dazu loyal, bedeutsam und solvent zu sein in der Bewältigung der Lebensszenen. Dir ist in der Evolution Gelegenheit gegeben, die Erkenntnis von dir selber masslos auszuweiten und dem Lässen, Lockeren und

Eigensinnigen geziemend abzu-schwören. Stufenweise wird sich dein Bewusstsein stärken, klären und gewaltig rehabilitieren, bis du endlich auf dem Plateau angekommen bist, auf dem die Göttlichen sich finden und entzückt ihr zauberhaftes Sein geniessen.

Ist die grosse Wende eingetreten, fühlst du dich gefestigt, mustergültig und entschieden seriös im Leben stehn. Von immanenten Wogen der Begeisterung bist du in Meine Höhn getragen und erlebst dich als befreit von allen Widrigkeiten und Malheuren, Alterungen und Verlusten. Deine Hochfahrt wird besiegelt durch das Herrenwort: Ich Bin des Seins Gefieder, Träger der Allherrlichkeit und mustergültiger Bewahrer der Gesetze, die Mich ständig vorwärts bringen. Mein Standard ist der Stand der Virtuosen, die sich am schöpferischen Flair, Vollzug und Weistum gütlich tun.

Ermannst du dich dazu, genau in dieser Weise vorzugehn, gewähre Ich dir Meiner Hilfe Vorzug und Erlangen, Ebenbürtigkeit und Ideal. Gewappnet bist du und gehörst zu den ganz grossen Geistern der Holdseligkeit am Sein und Leben, an der Wohlfahrt deiner Tage, wie der Welt in der du liebst und leibst und lebst, gesittet, wohlgelaunt und aufgestellt für Ewigkeiten.

5.27

Steiniger geht's nimmer deinen Berg hinan, doch wenn du ihn bezwungen strahlt dir Meiner Glorie Licht und Heil in wunderbarer Ebenmässigkeit entgegen. Dein Standard ist voll Innigkeit und Seinsgefühl der Meinige geworden. Er erhebt dich über alle Klippen, Schründe, Fallen und Verbind-lichkeiten hin zu Mir in das Ressort der Unver-gänglichkeit sowie des fabelhaften All-Begreifens. Du wirst stets von Mir gewarnt bevor du eine Schlappe menschlichen Formats erleidest. Dein Wesen strahlt der ganzen Welt Begeisterung und selige Unbekümmertheit entgegen. Was dich besonders ziert ist die Gelassenheit mit der du allen Lebensdingen nonchalant begegnest und welche dir, genauso viel wie sie's auch dazu würdig sind, bedeuten. Du bist dir ganz gewiss, dass jede deiner Gesten Ausdruck Meiner Kraft und Willigkeit, Behutsamkeit und Menschenliebe ist, die jedermann befruchten und vom Trug der Illusion befreien kann, die doch so schwergewichtig auf ihm liegt.

Das Stümperhafte ist ob deinem Mut beizeiten von dir weggedriftet und berührt deines Wesens Bonität nicht mehr. Ausserordentliches ist gerade noch zur rechten Zeit mit dir geschehn indem du dich mit Mir vermählt hast in den wichtigsten Belangen die da sind: Seinsgefühl und Seelensicherheit, Bewusstheit, Redlichkeit und dezidierter Wille in dir Höheres zu gebären. Das ist es was dich weit hinauf befördert über deines Soseins stationär gewordene Strukturen. Du entfaltest dich in Meiner grandiosen Seinsbewegtheit und Beweglichkeit im Hinblick auf dein Ziel dem Ewigen entgegen. Das aber ist die reine und vollgültige Erkenntnis deines Seins im Hier wie in der Unendlichkeit der Gottessphären. Du Bist und bist dir selbst zum As geworden in des Lebens lichterlohem Gaukelspiel. Dein Menschsein ist gesichert und von Mir bestätigt und mit auserlesener Glückseligkeit und Himmelsgrazie begabt.

5.28

Was wirklich währschaft ist kommt alleweil von Mir und von der Gnadenfülle die Ich jedermann zu jeder Zeit verehre. Von diesem Segen profitierst auch du in deiner Unbeholfenheit und deinem kindlichen Benehmen. Wüsstest du, oh Mensch, von welcher göttlichen Substanz und Würde du geprägt bist, atmete dein Wirken götterlichten Adel und ver-ehrenswerten Wohlverstand im Zeitlichen wie in der universensweiten Seinskomtur. Du bist in dem beschlossen was Ich Bin und was das Ganze ausmacht in der liebedürftigen und hellbewussten Seinparade. An deiner Zunge hängt Mein Wort sowie du sprechend dich ins Menschliche erhebst; in deinem Reifen reift das Gottesvolk hinan zu einer Prägung von unendlich feingefühltem Seins-genügen.

Gewahrst du Mich in deines Seins erhabenem Geblüt kann Ich dich mit dem Zauber Meiner steten Gegenwart beehren. Dein Wesen ist bekränzt mit Meinem gloriosen Lichterscheinen, das dich dem Unendlichen verbindet fabelhafterweise immer mehr. Bis du ganz erwachsen bist will Ich nimmer von dir weichen, deinem Sein den letzten Pfiff verleihend, in die Weiten tragend wunderbar.

Holdseligkeit befällt dich, wenn du nur schon an das wohlgefällige Gezwitscher der Natur denkst, das dich so selbstbewusst umflötet. Es zieht dich magisch an in seiner Unbescholtenheit und Zierlichkeit, Verspieltheit, Zauberkraft und Schönheit überall wo sich Natürliches verbreiten kann in seinem wunderbaren Seinsbegaben. Seinsnatürlich bist auch du in deiner wählerischen Art, dich auf ein Wohlerwognes festzulegen. Willst du dabei auch auf Mich Rücksicht nehmen, frage Ich, und erinnre dich daran, dass du im tiefsten Grunde Meines Geisteswaltens Kind und Knabe, Jüngling, Mann und Frau bist die sich immer feiner, weiter und beglückter im Unendlichen verlieren. Du gewinnst dabei dich selbst in deiner wahren Graduation, die alleweil die Meine ist, von Lichtheit, Lebensliebe und Verherrlichung dahingetragen.

5.29

Konstante Seligkeiten will Ich dir und deinem Hof verehren, wenn du nur begreifst wie sehr Ich dich aus ganzer Seele sinngemäss und gottesfreundlich liebe. Natürlichkeit im Denken und Gefühl soll die Devise sein mit deren Hilfe du dich ständig auf Mich zu bewegst um Mir auf's Zärtlichste zu dienen. Du glättest deine rauhen Ecken um der Liebe Willen, die du für Mich hegst. An Mir ist nun die Reihe dich mit Himmelsfreundlichkeit und Hohheit zu umgeben damit du dich daran erfreuen und erbauen magst in hochgebenedeiten Massen. „Du bist Mein Heil und Meine Rettung", wirst du dann beständig vor dich hin dozieren, um dich Meiner Gaben zu versichern und mit Sicherheit mit Mir auf gutem Draht zu bleiben.

Was alles habe Ich für dich getan, um zu verbessern was schon gut war und um deine Boden-ständigkeit zu prüfen in Bezug auf Nächstenliebe, freundliches Benehmen und Glückseligkeit am Werk das dich von Mir auf's Wohlgefälligste ergriffen.

Ich trage dir allwie zur Leier Liedhaftes und Beseligendes vor und sorge dafür, dass dir alles wohlbekommt aus Meinen gloriosen Schalen. Es liegt der Glanz, der von Mir ausgeht, warm und fromm auf deinen Zügen und begabt dich wunderbarer Weise mit der Zuversichtlichkeit der Himmels-sphären. Wer würde sich gestatten das Ich Bin zu intonieren, wenn er nicht von Mir damit beehrt, beglaubigt und beseligt worden wäre? Gerade das jedoch ist der bemerkenswerte Ansatz, mit dem Ich ständig und erfolgreich operiere. Schon immer hat das Zeitenlose Mich begeistert und von Ereignis zu Ereignis unverzüglich und bewusst dahingetragen. Genialeres kann es nicht geben als des Seins unendlich liebevoll begeisternde Gebärde die schon immer da war in des Universums wachsendem und wacher werdendem Betrieb.

Zu erkennen, dass du Bist ist deiner Gottes-freundschaft Würde wie dein allerwertestes Gebet.

5.30

Manifest der Stärke Bin Ich jedem noch so kräftigen Kumpan, der sich mit seinen Muskeln brüstet wie mit seiner Fähigkeit, Gerades langsam aber sicher krumm zu biegen. Das ist Zauberei wird mancher dazu sagen, doch in Meinem strahlenden Revier herrscht die Gewissheit über dies Ereignis, dass es Meines ist in hintergründig aufbereiteter Manier. Es kommt einmal die Zeit wo niemand mehr der Illusion sich hingibt, dass er einzigartig sei in Bezug auf Sein und Haben, Marsch und Stillstand, Wachsen und Vergehn. Einjedes Dasein hängt an Mir allwie an einem Silberfädchen und hat im Weltenchor nach *Meinem* Geigenstrich zu tanzen. In kleinsten Kreisen mag er wohl sich selber sein, und auf sich selber fällt er eben allzuoft noch jämmerlich herein. Der Ungeschlachte widmet sich salopp dem Weltgetöse, der Weise jedoch hält in seinem Stürmen klüglich ein und lässt sich füglich von Mir über seinen Lebensstil beraten.

Des einen Temperament brennt immer wieder durch und schafft damit Verwirrung und Verluste, Tränen und Blockaden. Der Andere nimmt, was Ich willentlich für ihn bedeute, gerne an und schafft sich damit gute Freunde in den Himmelsregionen. Das Sich-Zusammenfinden zwischen dir und Mir schafft Klarheit im Bereich der guten Sitten, die Ich ständig propagiere und es reiht dich in den Kreis der Wissenden und Weisen ein von *Meiner* Daseinslust und Lebensstrategie.

Du gewinnst Vertrauen in das Weltsystem und fügst dich willig in des Schicksals Sonderheiten, die Ich dir wohlgemut bereitet habe. Das bereitet dir Vertrauen in dich selbst wie in die trauliche Metamorphose die von Mir mit dir geschieht. Du wirst, was du schon Bist, ein Pendant Meiner selbst und darfst dich glücklich nennen, wenn dir das bewusst wird in der Lebensphase die dir eben eigen. Ich nenne das glückseliges Erschauen und Erwidern Meines Seligseins in hohen, lichten und elysisch aufgemachten Geistessphären.

5.31

Was vordem an dir jämmerlich bescheiden war wird von Mir täglich aufgewertet durch des Lebens Sinngehalt und Euphorie. Wie eine langgedehnte Woge schwillt die Evolution in Meinen vielen Welten mächtig an und steigert und vergütet alles Wesenhafte bis zum

110

fabelhaften Gehtnichtmehr. Auch du bist in dem Wandel inbegriffen, der sich täglich weltenweit vollzieht und dessen Ziel es ist vorab das Menschenvolk zu höherer Einsicht, Daseinsqualität, Bewusstheit und Verträglichkeit zu führen. In diesem Sinne ist noch manches Mordiogeheul, Gezeter und Geschimpfe auszu-merzen, damit die Friedefertigkeit und Ausgewogenheit sich Raum verschaffen können über ganze Kontinente hin. Meine dezidierte Absicht ist es, allen Unsinn alsolange zu bekämpfen bis das Sinnen über das was *ist* und sein soll überhand genommen hat in ganzem Erdenkreise.

Was Ich dir feierlich verspreche ist schon längelang geschehen nämlich, dass Ich höchst persönlich in die Schicksalsräder menschlicher Gesinnung und Gesittung greife, um sie mählich zur bewundernswerten Wohlgefälligkeit am Sein und Lebenssinn zu stilisieren.

Was du dir geworden bist ist demnach als die Summe Meiner Einflüsse, Renditen und Erfolge zu bezeichnen auf dem weiten Feld des menschlichen Gehabens wie des Fortschritts, der in allem Düfteln, Generieren und vortrefflichen Erfinden liegt. Nur dass die stets geforderte Moral beträchtlich hintennach hinkt, ist noch kräftig zu bedauern. Gerade du bist dazu aufgerufen dich mit deiner ganzen Hofstatt Meiner Sendung würdig zu erweisen die das lautet: *Sei* und sei recht bald das auserlesne Konterfei von dem was *Ich* dir als das Göttliche und Makellose offenbare. Damit hast du dann den Gipfel der Glückseligkeit erstiegen, um den sich Meine paradiesischen Gefilde breiten und wo die Einigkeit und Einheit herrscht in liebevoll allgöttlicher Manier.

5.32

Fabelhaftes und Verbindliches ist ständig von Mir zu erwarten von den menschlichen Gemütern, die die Einsicht und den Wohlverstand, das liebevolle Miteinandergehn sowie das Gottgefällige bewusst zu

111

pflegen wissen. Ich spreche in den Wind und dieser trägt Mein herzliches Begehren dorthin wo aufgestellte Öhrchen sind und Gehorsam Meinem Mahnspruch gegenüber. Das gereicht dir dann zum Heile, wenn du etwas anzufangen weisst mit Meinen Lehren, wie mit der Unbeschwertheit und Konstanz, die Ich in Mein Verkünden lege. Dein Wachstum hängt an dem berühmten Fädchen, das entscheidet über Ja und Nein nach dem Schwenker akkurat in Meiner Richtung, oder weg von ihr.

Ist es dir egal, dich mit Mir abzugeben oder nicht, beginnt dein Seelensein zu wanken und höchst beklagenswert zu werden. Du bringst die Ernte nicht mehr ein, die Ich dir freilich zur Verfügung stelle. Hingegen werden deine Operationen, unter Meiner Leitung und Gediegenheit, gewichtig und gediegen. Deine Fähigkeiten sind enorm und können auf der Chefetage *Meiner* Provenienz bestens eingesetzt und zum Wohl von vielen darbenden Gemütern hingegeben werden. Juble nicht zu früh, doch wenn es dir gelingt, dein Ziel gehörig zu erreichen, gönne Ich dir die Begeisterung am Weltenwerk, das du voll Eifer mitträgst und beständig wachsen lässest wie es sich geziemt im Sinne Meines fabelhaften Unternehmens.

Die Gemeinde der Verklärten wächst und wächst, mit der Ich Mich gezielt umgebe. Sie mehrt die Evolution, die sich durch Äonen hinzieht und dem Wohllaut dient, mit dem Ich alles was da *ist* gar liebevoll durchwebe. Mein Begehren ist das Menschen- wie das Gottesglück, und das Deine ganz besonders intensiv und wonnevoll dazu.

5.33

Sowie du losgelöst von allem Eigensinn agierst, will Ich dich zum strahlenden Erfolg an Meinem götterlichten Hofe führen. Du magst nach deinem Glauben noch so clever und gerissen sein, Ich Bin es noch viel mehr und kann auf Seinsressourcen greifen, die dir mitnichten zur Verfügung stehn. Bei komplexeren Zusammenhängen, die sich über Generationen ziehn, geht dir die Sicht auf die genaue Seinsgeschichte sowieso verloren. Zudem hast du keine Ahnung davon, was für geistige Impulse hinter dem Geoffenbarten operieren. Deswegen heisst die von Mir ausgegebene Parole: Bleibe du bei dem, was dir geläufig ist und sei dir alleweil bewusst, wie die Welt der Gottesgeister unter Meiner Leitung stets am Werke ist, um geniale Lösungen zu generieren.

Du selber bist dazu berufen, deine engbegrenzte Schau auf was du Bist beträchtlich zu erweitern bis zum Punkt, wo du Allweiten übersiehst und deine Evolution mit Mir verkoppelst, um damit einzeldenkerisch wie allumfassend zu agieren. Von dieser Warte aus ist dein Dirselbst-Genügen absolut identisch mit dem Meinen und ist somit in der Lage vor- und rückwärts riesenhafte Geistesräume einzusehn. Damit bist du ohne jeden Zweifel vollends in die Sicherheit des Seins gebettet, die dich frei und wohlgelaunt dein Metier betreiben lässt als Teil und wesentliches Integral von Meinem. In dieser Perspektive ist es angebracht begeistert, kongenial und seinsbewusst zu intonieren: Mein ist dein und dein ist Mein und alles ist in der bedeutungsvollen Einheit allen Seins beschlossen und getan. Du *bist* und bist in Mir glückseligen Wesens Heil vom Heil und Hauch vom Geistes-hauch geworden. Alles hat sich in Beständigkeit und Glanz Elysiens aufgelöst und ist fortan nur noch voll Eifer, Dankbarkeit und Trautheit in der Grazie des Liebeshimmels auszusingen.

6

Der Meisterschritt in Meine Höhen

6.1

Was bist du doch ein würdevoller Ahne grosser Geister als Verwirklicher von Meinen Plänen, um ihrer Genialität und Gutheit Glanz und göttliche Vollendung zu verleihen. Ich anerbiete dir, dich in den Fächern Geisterkenntnis und Erhabenheit zu unterweisen solange, bis du alle Schliche, Striche und Erfordernisse kennst, die für den Meisterschritt in Meine Höhen nötig sind in deines Lebens langgedehnter Elegie.

Wie kommst es, dass so viele noch als Schwerenöter sich mit Ach und Krach durchs Leben hangeln, wo doch der Weg zu Mir und Meinen Seligkeiten offen und dezent vor ihnen liegt? Es ist nichts weiter als die Eigensinnigkeit, die sie davon enthält zu Mir ins allgemein Verbindliche zu steigen und dabei jeden noch so Dürftigen als Gottesfreund und Bruder zu betrachten in der langen Reihe derer die von dir begünstigt und bemuttert werden sollten. Nie genug kann Ich betonen, dass sich um das All, und alle die da *sind,* so etwas wie ein roter Faden allgemeiner Freundlichkeit und Liebe schwingt. Berühren und bewegen sollte er auch dich zur Gemeinschaft mit den Meinen, die vor Mir im selben Stand der göttlichen Substanz, Synthese, Wohlfahrt und Bewusstheit stehn. Du bist gehalten, selber dich zur Hohheit göttlicher Vernunft und Sitte aufzuschwingen, derweil Ich dich mit jeden Flügelschlags Verlangen mit dem Hauch der göttlichen Begierde unterstütze, dich solvent, erfolgreich, liebenswürdig und vertrauensvoll zu sehn. Besser kannst du nimmer werden und das Beste steht dir noch bevor, dass du in den Himmel Meiner Güte eingehst siebenselig, wunschlos, ewig wach und wunderbar.

6.2

Auch das noch kommt dir in den Sinn, wenn du das Weltgeschehn betrachtest und zudem noch das Abbild deiner eigenen Zerrissenheit, Fragwürdigkeit und Kargheit konstatierst. In dieser düsteren Gestimmtheit ist es dir von grösstem Nutzen Mich als Zeuge aller Weltenwirrsal anzurufen, um den wahren Zustand der von Mir geprägten Evolution gehörig zu erfahren.

Eingestellt ist noch lang nicht ausgestellt, will Ich hierzu sagen. Ist die Weltenlage schief, kann Ich versichern, dass sie sich bald wieder aufgerichtet präsentiert. Dir fehlt der Zeitbegriff, um das was in in Äonen sich vollzieht, richtig zu aufzufassen. Wichtig aber ist für dich: Du kannst den Zustand deines Seelenseins schon jetzt in ungeahnte Höhen treiben die dir Lebensfreude, Seinsbegeisterung und wuchtigen Erfolg in Sachen Lebensstil bescheren. Es ist ein hehrer Wandel, den du so mit Meiner Unterstützung und Gepflogenheit vollziehst. Die Frage lautet demnach nicht, wie *ist* die Welt, sondern wie verhalte Ich Mich seinsgerecht und redlich, liebevoll und hilfsbereit in ihr. Die Verhältnisse im grossen kannst du kaum verändern, deine eigenen jedoch in ganz bedeutender Manier, so dass sie dir zuletzt gefällig sind und wohlgewogen.

Du streifst, von Mir bewahrt, durch Wald und Fluren und begrüssest, was dir so entgegenkommt, als auserlesnen Zauber der Natur, in den du dich von Schritt zu Schritt beständiger verliebst, ohne jemals wieder von ihm loszukommen. Dein Denken richtet sich sehr dezidiert auf das was gut und schön ist in dem Stufenparadies der Welten, derweil du dich an ihr Gedeihen lieb und gekonnt verströmst. Dein Einsatz zeitigt Wohlbefinden wo du gehst und stehst und wo die Göttlichkeit dir aus dem Sinn und aus dem Auge strahlt.

6.3

Kontakt mit Mir zu finden ist berückend schön und auch für dich als Himmelsgrazie zu werten. Es schwinden alle Lebensängste und du stehst genau-so wie der Cherub mit dem Flammenschwerte da, um deine Rechte zu behaupten und um den Meinen strahlenden Erfolg im Evolutionensinne zuzuhalten.

Geistgelehrter sollst du unter Meiner Schulung und Betreuung werden, wie gelassener Betrachter und Vollender deines Schicksals in dem Meinen. Ich erkläre als erheblich, was du immer tust, um dir wie Mir Beachtung und Erfolg, Bewährung und Befrie dung zu bereiten. Ausgezeichnetes wird jedoch nur von Mir und unter Meiner Aufsicht und Bewilligung geleistet werden. Diese Perspektive soll auch dich dazu beflügeln es mit Mir zu tun zu haben in der langen Reihe deiner selbstbewussten Taten. Schliesslich geht daraus die Einheit aller Dinge traditionsgemäss hervor und bewirkt den innigen Verbund der handelnden Gemüter, die fortan von Liebeszärtlichkeit und Daseinswonne was Entscheidendes verstehn.

Was ist der Glanz der Sterne gegen den beseelten eines liebevollen Augenpaars? Elysisches streift allen Sinn wenn du dem Zustand reinen Lebens nahgekommen. Du vergibst dich, ohne nach dem Sinn zu fragen und verlierst dein eh so wesentliches Renommee. Beschützend und goldrichtig über-waltest du, was dir so liebenswert erscheint, und legst ihm alle deine Güter voll Ergebenheit zu Füssen.

Hast du dies begriffen wirst du auch recht bald mit dem im Liebesbunde stehn der alles *ist* und der Ich Bin, um deine kühnsten Liebesträume zu erfüllen. Alles in Mir hebt dich auf in einen Zustand makel-loser Seinsglückseligkeit, die nichts mehr von sich weiss als Liebe, Lust und Herzensfrieden. Du erlösest dich ins kosmische Gedeihen und blühst endlich auf im gnadenvollen, lichterfüllten Negligé.

6.4

Was berührt dich tiefer als Mein Wort, wenn du es recht begriffen und zu deinem grössten Schatz erkoren hast im liebevollen Vorwärtsstreben. Kein anderes vermag dir so viel Wissenschaft und Weisheit einzuflössen, welche deiner Seele Form und Fabelhaftigkeit verleihen, Seinsbewusstheit und Genie.

Was dir zusteht als des Gottes Gründlichkeit und Generosität ist Meines Geistes Gabe an die Menschenwelt und ihren Lauf, an das Seinssystem und sein herzinniges Verlangen nach Gerechtigkeit und permanentem Frieden. Ich hab dich ausgesandt und erwarte dich am Ende aller Zeiten im vertrauten Umkreis Meiner mütterlichen Arme wieder. Diese Fernsicht soll dir eminentes Herzensglück bereiten, denn im Seinsbewusstsein war die Zeitenlosigkeit schon immer da. Auch du wirst sie erlangen und damit ins ewig Heitere und Unbeschwerte emergieren.

Losgelöst vom schweren Denken wirst du nur das eine wunderbar Geglättete, Sanftmütige und Graziöse sehn und in seinem sagenhaften Umkreis werden Seinsbewusstheit, Seelenruhe und bereinigtes Empfinden Urständ feiern. Das Von-dir-selber-Überzeugtsein wird die Geschwisterschaft besiegeln- die wir miteinander pflegen. Nach dem A wird uns das grandiose Amen gelten, nach dem wir uns seit eh und je gesehnt und ausgerichtet haben. Siegen wird die göttliche Vernunft, in deren Bann Ich dich, wie alle Welt, behutsam und gekonnt gestossen habe. Du bleibst in Mir und gehst zugleich mit mutigen Schritten immer neuen Zielen zu, die Ich vor dir errichte und die dir höchst erstebenswert erscheinen. Das ist das Fazit deines Seins im Ewigen, in unerschöpflicher Gelassenheit wie im intensen Frieden des Gemüts, von allen guten Geistern silberhell besungen.

6.5

Wohlbedachte Auserlesenheit beginnt dich immer mehr zu interessieren, derweil du Mir beständig näher kommst in menschenwürdiger Manier. Du suchst mit allen Mitteln hinter das Geheimnis deiner selbst zu kommen und setzest dich im Stil von Rodins Denker sinnend hin, um über deines Seins Begriff und Masse, Mustergültigkeit und Daseinslust zu spekulieren. Doch niemand kann dir Kunde über deinen Ursprung geben ausser Mir, der Ich dich Bin und der in seiner Weisheit das herausgefunden hat was niemand anderem gelungen ist, nämlich zu erkennen, dass er *ist* und dass im Zeitenlosen weder Ursprung noch Beenden existieren.

Das Ewige an sich ist jeder Sorge bar um etwas was geschah und was geschehen wird indem es vor sich selber sich als reines Seinsbewusstsein offenbart. Das aber ist das Medium und Mittel geistiger Natur, aus welchem das Vergängliche hervorgeht und verschwindet in Prozessen von äonenlanger Dauer und Mixtur.

Was dir aufsitzt, einsitzt und dich mürbe, wie geschickt, macht, ist die Geistesstrategie, dessen Wurzel und Gewinde Ich dir Bin und die dich hoch hinaus hebt über alles irdisch Festgefahrene und Illusorische, in das du so vernarrt bist, dass das Lichte, Unbeschwerte von dir abprallt, eben noch in allzuviel verhängnisvoll gebündelten Belangen.

Nur zu, nur zu will Ich dir stets bedeuten in der Vorwärtsstrategie, die dich von deinen Hügeln selbstgefälliger Natur in Meine Täler wahrer Tiefe, Seinsgefälligkeit und Sitte führt am eigenen Gesunden. Dort findest du auch deine Wohlfahrt und beglückende Synthese aller Lebensdinge, die wie bare Münze an dir hangen und mit denen du bezahlst, was dich zu Mir befördert, in des Seins Beseeligung, Entzücken, Zukunft, Wachheit und Erheben.

6.6

Wohlbemerkt und wohlerwogen sind die Dinge Meiner Zunft und Zuversichtlichkeit, mit denen Ich dich überschütte strahlend, wohlgefällig und final. Das Kosmische sollst du in deinem Erdenwandel pflegen. Die Ansicht von dir selber soll sich mit den fernsten Sternenregionen regelrecht verbinden. Vor allem soll dir stets bewusst sein, dass sich Meines Gegenwärtigseins Standarte stets und innig um dich kümmert und dich lebendigen Atems auf konstanter Fahrt hält durch das hochkomplexe Leben. Ich säe und du erntest und Ich ernte mit, denn, wo du immer dir zu schaffen machst, Bin Ich genauso gut am Ruder und berufe Mich auf Meine Schöpferkräfte, die durch dein ganzes Dasein unbedingt mit dir verbunden bleiben.

Gerade das ist eines der markantesten Probleme deiner Zeit, wie aller Zeiten, dass deine Ansicht trennt was schon immer felsenfest verbunden war, nämlich dich von Mir, wobei doch beide eins sind in der allerbesten Art und Weise, die man sich nur denken kann. Gelingt es dir aus diesem Makel auszubrechen, hast du schon Bedeutendes getan, um dich in die Ordnungen der Welt gehörig einzufügen und dich in deiner Kleinlichkeit genauso wie in deinem Grossmut gegenwärtig und gestillt zu sehn.

Was raschelt, raschelt Mir entgegen, darfst du dann mit freuderfüllten Blicken konstatieren. Du trägst in Mir dich selber himmelan und darfst dich wunderbar elysischer Gefühle rühmen. Das ist dann die Wende in der Menschenwelten Zug, Gezwitscher, Zwängen und Entbehren. Du sollst das Weltliche nicht scheuen, sondern es verehren und beglaubigen, als deines Daseins Stütze und Altar. So wie du dich Mir darbringst, bringe Ich Mich selber dar, um dir die Innigkeit zu offenbaren, mit der Ich dir Verbunden und vermählt bin. Das ist Meine Gangart und Mein Wohl, so wie es deine sind und dein herzinniges Dich-selbst-Erleben.

6.7

Frohmut und Entschiedenheit gehören zu den besten Kräften deiner Seele und du bist dazu berufen von Mir, sie zu pflegen und mit ihnen fürbas vor dir hin zu gehn. Entschiedenheit jedoch ist von der Sorte, die auf sicherer Begründung ruhen muss, um aus Überzeugung und Gewissenhaftigkeit gelebt zu werden. Diese Kräfte aber sind von Mir ein Zeichen der Geselligkeit und Liebe gegenüber den Geschöpfen, die Ich *Mir* gemäss erschaffen habe. Immerzu Bin Ich bestrebt, ihr Daseins Wucht und Flor zum Besseren zu führen. Wer Mich kennt, bestätigt dies, und wem Ich dies bestätige, der ist saniert fürs ganze Leben, Sein und Streben.

Manche Kümmernis fällt wie von selber von dir ab, andre sind behutsam von Mir wegzunehmen, doch den Impuls dazu musst du schon selber in der stillen Seele dir erfinden. Was ist Begehren, wenn nicht deine Sucht, alles nützlich Scheinende sogleich erwerben und besitzen zu wollen. Du behängst dich so mit einer Vielzahl an Gewichten, die dich genüsslich ins Verderben ziehen wollen. Suche du und finde Heilkraft und Erleichterung bei Mir, der Ich dir Vernunft und Tatkraft offeriere. Du gewinnst von Mir zurück, was du an Seinselan verloren und erhebst dich neuen Höhen zu an Meiner Güte Stab. Der Wandel wird komplett, wenn du dich veranlasst siehst, dich Mir ganz hinzugeben in der Achtsamkeit auf was du willst und was du tust, so dass gar viele von dir sagen: Er geht lächelnd, frisch und fromm und heil einher, dass er wahrhaftig zu beneiden ist in seiner Gestik und in seinem neu gewonnenen Valeur.

Kippe aus was du entbehren kannst und kuschle dich Mir an, damit die Züge deines Lebens sich zur Fuge runden von Verträglichkeit, Vertrautheit mit dem Ewigen, sowie von seelenvoller Wonne an des Seinsbewusstseins liebem, sorgenlosem Leben.

6.8

Wohin des Wegs? Wirst du auf ihm wohl Mich bestimmt und seelensicher finden? Was ist denn deines langen Lebens Sinn und Zweck und Ziel? Dass du erkennst wes Vaters Kind du bist und welcher Mutter Zögling in des reinen Geistes Bergwelt, die dich bügelt, schniegelt und geziemend wach erhält in deinem Traum von Meinen Eskapaden. Was du billigst ist noch immer Meiner zackigen Zensur und Prüfung unterworfen und kann in vielen Fällen nimmermehr von Mir genehmigt werden. Das ist, weil deines Willens Kräfte schwächlich sind und von Meiner grünen Seite her noch manchen Schubs bedürfen, um regelrecht zu reüssieren. Sovieles siehst du noch nicht ein in deines Lebens Schick und Schlendrian. Du hast es in der Folge teuer zu bezahlen. Besser ist es für dich mit Verstandesschärfe zu agieren, als dir an vielen hitzigen Affären die Finger zu verbrennen. Ich habe dich so oft gewarnt und du bist förmlich auf dein Unheil zugerannt, um dich von ihm verbraten und verschlingen zu lassen.

Ich hingegen Bin dein wissender und viel-verzeihender Korrektor auf der Fahrt durch deine biografischen Erschütterungen wie Besänftigungen Meinerseits im längelangen Leben. Goutierst du das und lernst du täglich aus des Schicksals aberwitzigem Gewahren, kann Ich dir zu deinem Weisesein nur bestens gratulieren. Galant hast du den Vogel abgeschossen in Bezug auf Seins-vertrauen, Sinnkraft und Solvenz im breiten Spektrum deiner Seinsaffären. Ich lobe dich dafür und gelobe dir, dich heimzuführen in Mein Zelt der Gottbegnadung und Beförderung ins Milieu der Geistheroen, worin sich deine Lebensdinge sukzessive verklären. Dein Dasein wird gerechter-weise Meiner Fülle zugezählt und endet, wo es auch begann in der subtilen Herrlichkeit Elysiens, deren glückverstrahlendes Gepräge Ich den werten Seinstouristen sowie akkurat auch dir aufs Beste kann empfehlen.

6.9

Kraftvoll und gediegen sollst du deinem Metier obliegen, transparent und seinsgewiss, gewandt und locker durch das Leben zu flanieren. Das wird dir nur gelingen, wenn du Mich als Pate, guten Onkel, Inspirator und allgegenwärtigen Beschützer akzeptierst in deinem hochgeschätzten, liebenswürdigen Gehaben.

Immer kommst du voll auf deine Rechnung, wenn du mit Mir Handel treibst und in einem flotten Hin und Wider deinem Reüssieren Meines einfügst voll Vertrauen und Verbindlichkeit und ohne langes Federlesen. Du solltest klug genug sein um recht bald zu merken wie flatterhaft und trügerisch du überall herumdenkst, um die eine oder andre Lösung deiner bissigen Probleme aufzustöbern. Da kommt dir Meine Gunst, Serenität und welt-gewandte Weisheit sehr zustatten, die dir noch immer glücklichen Erfolg gewährt, wo du den Bettel längstens hingeworfen hättest.

Konzentration auf was du Bist und was Ich Bin ist allerdings nonnöten, um dich in die fidele Lage zu vesetzen, dass du allen Nöten überlegen bist und dich im Bewusstsein des unendlichen deiner Züge wiegen kannst à discretion, zutiefst beglückt und seinserfahren.

Nie mehr wirst du veräppelt werden, wenn du mit Mir Seit' an Seite durch die Lebenslitanei spazierst und dich an Meine Weisungen, Berichte und Beförderungen hältst, durchs Band mit einem stillen Lächeln auf den Zügen. Kannst du wirklich so sein, bist du ein Verklärter Meiner Geisteswirklichkeit und Wonne rundherum und mitten durch das integrale Sein und Leben das Ich gütestrahlend dir gewähre. Ich lass dich sein so wie du immer willst, doch wenn du dich Mir anschmiegst bist du völlig integriert in Mein glückseligmachendes Gehaben und darfst dich seinsbewusst und voll Begeisterung, Holdseligkeit und Seelensicherheit durch Meine liebe-volle Sternenwelt bewegen.

6.10

Blick auf zu Mir und spüre wie Ich wunderbarer-weise jede deiner Wunden mit balsamischer Geduld und Heilkraft übersäe. Du bist Mir eine Kostbarkeit, des Wert Ich innig anerkenne, als von Mir geschaffne Preziose ewigen Charakters und verheissungsvollen Zugs. Ich habe dir von Mir das Herzblut mit auf den ereignisvollen Lebensweg gegeben. Mein Ein und Alles bist du Mir damit geworden, das Ich, wo es geht und steht, auf's Wohlgefälligste behüte. Ich habe dich mit Himmels-kraft bedacht für deinen anspruchsvollen Einsatz auf dem Erdplaneten, den Ich im Rollen der Äonen liebevoll im Augenmerk bewahre. Im freien Über-dich-Verfügen wachsest du im Zeitlichen gezielt voran und bist doch alleweil an das gebunden, was Ich Mir im Evolutionen-schreiten ausbedungen habe.

So hast du nun die freie Wahl und hast sie wieder nicht im Grunde Meines Über-dich-Verfügens. Das schafft bedeutungsvolle Differenzen dort wo du dich nicht an Meine Regeln hältst, die nur zu deinem Wohle, wie zum Besten aller Wesen generiert und weltweit ausgebreitet wurden. Von Meiner Warte aus gesehn ist alles bestens eingerichtet und mit dem Nötigen versehn, damit du existieren und gebührend reüssieren kannst auf deiner wohl-bedachten Lebensbahn. Nur musst du respektieren, dass alle mit demselben Recht begütet sind, sich mit Anstand zu verbreiten und auf ihre werten Ziele zuzugehn. Das erfordert Rücksicht, liebens-würdiges Benehmen, sowie Sinn für die Gemeinschaft, die sich gegenseitig stützen und befördern soll.

Noch vom Bann der Kindlichkeit geschlagen wälzt sich eine Menschheit mühevoll dahin und ist doch stets bestrebt, sich aufzurichten und Gerechtigkeit und Menschlichkeit zu üben. Das muss und wird geschehn mit Meiner Hilfe und dem Seinsvertrauen vieler, die den Ernst der Zeit erkannt und ihm gemäss zu handeln aufgebrochen sind. Das lässt die Zukunft heiler und gerechter werden in Gemeinschaft mit den höchsten Geistern, die da *sind,* und die wie eh und je Bewusstheit und Glückseligkeit um sich verbreiten.

6.11

Was hast du nur auf Meiner Spur nichts als Holdseligkeit im Seinsbewusstsein zu erwarten. Von Mir gewidmet ist sie dir ein Helfer in der Not und eine rechte Himmelsgabe. Nun darfst du hoffen auf ein Freudenfest in deiner Seele, auf die verehrte Lichterscheinung ihres Wesens in der Morgenröte einer neuen Zeit, dir zu gefallen. Derweil Ich dich umwebe, bist du sicher eingehüllt in Meines Sinnens Partitur und darfst dich wohbewahrt in Meiner Grazie erfühlen.

Das Wesentliche ist geschehn, dass du dich selbst erkannt hast als ein steter Kämpfer auf der Fahrt zu Mir und Meinen Wohlbekömmlichkeiten.

Alles, was du von Mir weißt, ist eine Denkschrift auf die Fülle Meiner Güte, die sich ständig über dich ergiesst und deine Seligkeit begründet, wenn du nur offen bist für sie in deinem vielerfahrenen Gemüte. Redselig Bin Ich und bei guter Laune immer dann, wenn du dich selber auf Distanz besiehst und deinen Eigenheiten nur noch wenig Griff und Galle zugestehst. Es sind die Meinen, die dann wirken, und die dir so gefällig sind, dass du im Lebensglücke jauchzen möchtest, in den Alpen wie im Flachland, vor dich hin.

Generell ist hier zu sagen, dass zwischen dir und Mir Gewichtiges besteht in jeder Hinsicht im von Mir durchsonnten Leben. Meine Wärme, Mein Genie und all Mein geistgefüttertes Gehaben sollen dich als Menschen prägen und zur wahren Menschlichkeit erziehn. Du bist nie von Mir im Stich gelassen und darfst auf unerschöpfliche Beförderung und Wohlfahrt hoffen, die Ich jedem Meiner Seins-geschöpfe liebevoll verehre. Weide dich an dem was Ich dir Bin und was du Bist deswegen. Hier dreht sich alles um den Wohlverstand des

Herzens, dem die Ehre der Gottseligkeit gebührt, im Land Elysien, sowie im Wesen der Unendlichkeit, mit dem Ich dich auf's Innigste vermähle.

6.12

Was ewig wirkt und webt in dir sind Meine unerschütterlichen Zeichen reiner Gottesgunst und Güte die dein Herz beglücken und befeuern sollen, tausendmal und mehr: „Verliere dich in Mir," will Ich dir gütlich sagen und nehme damit Anteil an dem ewig Warmen und Wahrhaftigen, das Ich in Wahrheit Bin für alle und besonders intensiv für jene, die Mich ständig und inständig suchen.

Gefällst du dir im Spiegel deiner selbst, so sollst du Sorge tragen dafür, dass er nicht zerbricht, das heisst, dass andere für dich das Sagen haben. Sie wollen dich verwirren und verirren und in die Ängstlichkeit der höchst profanen Weltentage treiben. Ich hingegen weise Meinen Schäfchen fette Geistestriften zu an denen sie sich freuen und erlaben können. Von Mir angesprochen bist auch du, frontal, beharrlich und zuletzt beinah auf's Äusserste ergiebig. Sprühen dir die Worte Meiner Botschaft wie Popmusik in beide Ohren und träufeln dir den Herzensfrieden ein, dessen du so sehr bedarfst wie Milch und Honig, wie die Tage und die Nächte deines Weltgewahrens.

Du kannst noch kaum ermessen, welche Seligkeit in dir erblüht, wenn du Mir felsenfest vertraust als Würdiger geliebt, geschätzt und vollumfänglich anerkannt zu werden, als das was *Ich* dir Bin in ewigen Bezügen. In dieser Hinsicht kannst du nie genug auf festen, firmen Füssen stehn, die es dir gestatten, selbst gegen die massivsten Weltenkräfte frei heraus zum Kampfe anzutreten. Du weisst, dass Ich an deiner Seite rundherum das Schwert, den Schild, wie auch die Siegbewusstheit führe. Nichts und niemand hat Mich je beeindruckt, weder vor noch nach der Auseinandersetzung, die es fadenscheinig und frivol heraufbeschwor. Sich mit einem Gotte anzulegen, muss und kann nur schiefgehn; hingegen sich mit ihm in Liebe zu vereinen zeitigt Seelenwohlfahrt, fabelhaftes Lebensglück, Beschwingtheit, Auserlesenheit, Wahrhaftigkeit und Anteil an der alldurchströmenden und -tönenden, unendlich heilen, hellen, seinsbewussten Weltenharmonie.

6.13

Tatenfroh, ausgiebig, unerschöpflich und gediegen kannst du im Vertrauen auf Mein Helfertum ein Leben lang dein Werk auf's Trefflichste betreiben. Du nimmst und bietest deine Lebensfrüchte, die die Meinen sind, ununterbrochen täglich und genüsslich an und freust dich diebisch über die gottselige Grazie, die sie um sich verbreiten. Ein gutes Herz kann Wunder wirken, so das deine, dem Ich auf deinen Wunsch den Adel des Unendlichen, sowie den Edelmut des Göttlichen verleihe, die sich durch dich offenbaren sollen.

Im allertiefsten Schweigen nimmst du dankend hin, was Ich dir freien Sinns gewähre und verstehst dich bestens darauf, es zugunsten aller Welten anzuwenden, die da *sind* und sich zu Fürstentümern Meiner Art und Weise stilisieren wollen.

Ich kläre laufend auf, was eh noch unklar ist in deinen Visionen und Verwirklichungen, und versehe sie voll Eifer mit dem Feinschliff, welcher ihnen offensichtlich auch gebührt. Das zeigt Ehrfurcht vor der Genialität der Wesen, die hinter der Vollendung aller Weltendinge ihre Feuermacht verbreiten. Für dich vor allem ist die strahlende Erkenntnis angebracht, dass eine ständige Begnadung Meinerseits der Ursprung ist von allem Ausgezeichneten und Friedevollen, Echten und Harmonischen, das dazu beiträgt, das komplexe Dasein aller Menschen in das Leben wie in einem Paradiesesgarten zu verwandeln. Dein Bewusstsein ist es, was dich froh macht oder quält, dein Gedankenarsenal bestimmt, was du für gut hältst oder miserabel in den täglichen Geschehnissen. Sie sind geneigt dazu, dich aufzuwühlen oder seelen-ruhig sein zu lassen in der Obhut des Unendlichen, das Ich dir offenbart und zugehalten habe.

Lass dich nicht entsetzen, derweil du dich erinnerst an die Seinsverletzung, die Ich akkurat für dich erlitten habe. Sie zeigt dir eindrucksvoll, wie sehr Ich dich und deine Lebeweise liebe, die zu adeln und ergänzen Ich Mich ungemein verpflichtet habe.

Traue dem, was Ich dir Bin, und sei getrost in deinen Landen grossen Heils für Ewigkeiten.

6.14

Ein Manifest auf höchster Ebene will Ich dir ungesäumt verkünden, um dir klar zu machen, welche Rolle du im Sein und Leben spielen sollst, unendlichen Vertrauens und Begütens deiner Lebenssituation. Was immer du verschacherst, sei dir stets bewusst, dass du dich nur einmal vollends verweltlichen lassen kannst, denn dann ist es um dich geschehen. Du wendest dich so sehr dem Materiellen zu, dass Ich dich dort nicht mehr erreichen kann mit Meinem geisterfüllten Habitus und Meiner Daseinsharmonie. Die eigentliche Welt ist dir damit verschlossen. Deine Seele sehnt sich nach dem Etwas, das sie nimmermehr erreichen kann, und das Fazit daraus sind Unzufriedenheit, Rastlosigkeit, Aggressivität und Raffgier ohne-gleichen.

Mein Sein hingegen lässt sich immer weniger vom Taggeschehn verblenden. Es hebt sich über die Verrenkungen und Krämpfe der Verlorenen hinaus und feiert Urständ in der Weihe ans Unendliche, das *ist,* und dem sich jedermann vertrauen könnte, wenn er nur den kleinen Finger rührte, um aus der Bredouille hinauszukommen, in die er sich so leichtsinnig begab.

Unter Evolution versteht sich ein konstanter Aufstieg, Meiner Geistesherrlichkeit entgegen. Du lässt nicht locker im Bemühn um Klarheit der Gedanken, um absolute Redlichkeit und Sittsamkeit im Handeln, Wandeln und Die-Weltendinge-regelrecht-Verstehn. Das zeitigt Allgemach ein Bild des kosmischen Gedankens aller Dinge im Allhier. Du bist eins von ihnen, derweil Ich alleweil in dir das Eine Bin in Unverwüstlichkeit und Seelenstärke, Himmelsgrazie und Lebensenergie. Wende dich Mir zu, dann wirst du eins mit dem, der ewig war und der dich zu den Quellen führt des wahren, muntern Lebens in der Herrlichkeit der höchsten Geister vor dem Gottesthron.

6.15

Dein Redliches verstärke Ich, und alles, was an dir verschlagen ist, das weise Ich zurück, energisch, konsequent und magistral. Es gibt nur *einen* Herrn im All und der Bin Ich, das Sein, mit allen Konsequenzen die daraus erstehn. Du hast die Freiheit, dir ein eignes Schöpfungswerk und Wirken vorzunehmen, doch muss es sehr genau in Meines eingepasst und von Mir gutgeheissen werden. Daraus ergibt sich ein so wohlgefälliges Gebilde, dass alle Welt die Augen daran heftet und es zauberhaft und zart, begeisternd und entzückend findet.

Ist schon der Aufwand für dein Eigenes enorm, so muss dies noch viel mehr für Meines gelten, das es in seiner Ganzheit zu entdecken und erforschen, zu verehren und zu lieben gilt aus ganzer Seele und mit allen Kräften, die dir zur Verfügung stehn.

Nun werte du, ob das nicht ein Konzept ist alles überragenden Bedeutens und von einer Raffinesse, Seinsstruktur und Seligkeit, die ohne Beispiel ist im mächtig aufgezognen Evolutionenschreiten. Es hängt an dir, dich selber zu begreifen, und schon das erfordert höchste Einsicht, weil im Grund genommen *Ich* es Bin, der überall agiert und seine Hände mit im Spiel hat mit bewundernswertem Aufwand und demselben ausserordentlichen Resultat.

Das alles soll dich dazu motivieren, liebevoll und ernsthaft in Mir dargestellt zu sein, damit die Einheit allen Seins erhalten bleibt durch geistdurchsonnte Evolutionen. Die unermessne Vielfalt ist es, die das Eine ziert, sowie das Seinssubtile, das in ihm zum Vorschein kommt in allen Regionen irdischer wie ewiger Natur. Du bist von A bis Omega in Mich gegossen und darfst dir daraus eine Melodie von Seinsglückseligkeit und Wohlgefallen, Unerschöpflichkeit und Herzensglück kreieren.

6.16

Kronzeuge deiner Selbst sollst du dir werden in der Wachheit deiner Seinsgedanken, wie in der Entschiedenheit, mit der du ihnen freie Fahrt verleihst beim Glauben und Vertrauen, in der Auserlesenheit, sowie der glückerfüllten Ankunft im allmütterlichen Hafen. Wenn du dich selber aus unendlicher Distanz betrachten kannst, hast du deinem Blick die Qualität der Weltengöttlichkeit verliehen. Sie schaut die Dinge ebenso von innen wie von aussen an. Das macht, dass ihre Kenntnisse vollkommen sind, derweil die deinen sich im Wesentlichen nur auf Form und Farbe, Flexibilität und Muskelkraft beziehen.

Du wirst den Puls des Lebens ebenso markant und meisterlich erfahren, wenn in deiner Seins-geschichte der markante Punkt erreicht ist, wo du sehend wirst für geistige Belange. Dabei öffnet sich dir eine Welt von urgewaltigem Tiefsinn, von genialen Schöpferkräften, wie von zartesten Vereinigungen, deren Teil du selber bist in unerhört geschmeidigem und meisterlichem Über-Dich-Verfügen.

Du kennst den Spruch: Vom Lernen ists ein weiter Weg bis zu den Höhen des vollendeten Gelingens aller deiner Ambitionen, Hoffnungen und seinsbewussten Ziele. Es sind exakt die Meinen, die sich dir ergeben haben, im vollendeten Vereinen deiner Charaktere und Gepflogenheiten, Qualitäten und Manieren in des einen Seins erhabnem Grunde und elysischem Gebaren.

In diesem gottgeweihten Milieu liegt aller Lebenswürze Anfang ebenso wie deines Hoffens Ende im Erfülltsein mit den köstlichsten der Himmelsgaben, deren Saft und Seim Unendliches gewährt und dich in veritabler Wonne badet, leichthin, heiter, lichtvoll, selig, mütterlich und solitär.

6.17

Dein offnes Herz gereicht dir noch und noch zum Heil, sowie es Mich und Meine Kompetenz, Mein Weltgefühl und Meine liebevolle Überschwänglichkeit erfährt. Lässest du dich auf Mein überirdisches Potential und Meine unbedingte Vaterliebe ein, so kann Ich dir die Wege weisen, die dich zur Allherrlichkeit des Seins, zur Herzenswohlfahrt und holdseligen Bewusstheit führen. Mir kommt es wenig darauf an, wie oft Mein Rat gebraucht und von dir gutgeheissen wird, denn es ist Mir jederzeit vergönnt aus der Unermesslichkeit des Seins ad libitum zu schöpfen. Deswegen Bin Ich zweifellos vor jeder Not gefeit, die andere konstant am Wickel hält und nach Noten drangsaliert in ihren besten Schaffensperioden. Meinem schöpferischen Tun sind weder Grenzen noch Behinderungen, Kontradiktionen und Verwerfungen beschert, weil Mein Weisesein und Meine Weitsicht jedem Scheitern elegant zuvorkommt beim Erfüllen Meiner Strategien.

Tonangebend sind bei Mir die Geisteskräfte, denen Ich so sehr vertrauen kann, dass Mich keine noch so penetrante Schrecknis davon abbringt ganz gelassen und gelöst auf sie zu zählen in der Breite wie der Länge Meines köstlichen Agierens.

Klösterlich ist Meines Lebens Stil im Vergleich mit Meiner Umwelt rastlos aufgemotztem, Zänkischem und unbarmherzigem Benehmen. In der steten Herzensstille liegt Mein himmlisch Wohl, womit Ich Meine Lust am Dasein in des Alls Ergiebigkeit bewusst vertrete. Meine Seinsgedanken schweifen über alles hin, was existiert, und bessern aus wo Not am Manne ist, derweil ihr Motto lautet: Bin Ich, kann Mich nur Erhabenheit und Solidarität mit aller Welt betreffen, worin Ich Mein Statut und Mein unendliches Befrieden finde. Glückseligkeit durch-wallt Mich und bewusstes Seinsempfinden, denen Ich Mich weihe, seelenvoll und sonnenklar.

6.18

Wer darf liebvoll deinen Scheitel überfahren, wenn nicht Ich der Sakrosankte und Erhabene in allen Situationen des gemeinen, wie gekrönten Seins in deinen Weltenrunden. Ich Bin dir Zeuge dafür, dass Ich dich gutwillig und beförderlich geschaffen habe und dich stets aufs Traulichste beschütze auf der Erden- wie der Himmelsbahn die du beschreibst in wunderbar besonnenen und seinsgelassnen Bögen. Meiner Hemisphäre innewohnend schreitest du gekonnt voran und wirst dabei nicht müde, Meines Wesens Eigenart zu loben und ihm absolute Weltbedeutung zuzusprechen. Genau dasselbe ist Mir längst beschieden in des Seins Ursprünglichkeit, Kapazität, Bewusstheit und poetisch eingefärbter Fantasie. Ich Bin Mir selbst zu allem nütze, was Ich will, und kann Mir die bewundernswertesten und wirkungsvollsten Kapriolen leisten, die da möglich sind in Meiner Daseinseuphorie.

Verwittern kann Ich selber nie, nur Meine Werke sind dem mählichen Zerfall anheimgegeben. Doch ist es Mir daran gelegen immer neue, kunstvollere und preziösere zu schaffen, Meinem Standard und Gebrauch gemäss. „Alles immer gleich und doch in wunderbaren Neuwert eingebettet", ist die gängige Parole, nach deren Klang und Wirkung Ich gekonnt und jederzeit agiere. Das macht die Fülle Meines Handelns aus, dass sie der Unerschöpflichkeit gemäss vonstatten geht und ihr poetisches Geschwader sich im Laufe der Äonen stets vergrössert in des Seins unendlich ausgebreiteten Bewusstseins-Regionen.

Du magst dir denken was du willst, doch Mein Gedanke ist es, ausgezeichnet träf, unüberwindlich und solvent zu bleiben, in selbstbewusster, königlich gewitzigter Manier. Ich stilisiere zu enormer Grösse, was bisher noch kleinlich war und säe Friedefertigkeit, Glückseligkeit und Harmonie in die verehrenswerte Grenzenlosigkeit von Meinem himmlischen Prestieren.

6.19

Zu deinen Füssen lege Ich Mein Wort des Dankes für dein Tun, allwo es menschenfreundlich, kostbar und Mir zugewendet war. Es ist schon so, dass Ich dich unbedingt für Meine Zwecke nötig habe der Gestaltung Meiner irdischen Belange, so wie Ich sie Mir erdacht und ausgeklügelt habe. Du erscheinst in einem Milieu von schaffenden Gemütern, die noch aberviel zu lernen haben. Sie sind zuallererst gehalten, für ihr leiblich Wohl zu sorgen und sich schon deshalb rührig und erfinderisch, kräftig auf die Pauke hauend und versöhnlich zu erweisen. Egoistisches Verhalten zeitigt Mangel irgendwo, wie Elend, Frust und Streitigkeiten um die Schätze die da auszubeuten sind. Hingegen unterstütze Ich die Seinsverständigen in ihrem ständigen Bestreben, Ausgleich und Verbindlichkeit zu schaffen, Kompromisse einzugehn und sich um Friedefertigkeit und allgemeinen Wohlstand zu bemühen.

Weit hinaus darüber jedoch führe Ich die Menschenwesen, die Vernunft und Liebefähigkeit bewiesen haben, der Erkenntnis ihrer selbst und Ihres Wesenseins entgegen. Dabei handelt es sich um die allen innewohnenden Gesetze von Geburt und Tod, von Anzug und Verstossen, von Zeiten wie von Ewigkeiten und von dem was sich als Sein an sich empfindet, das Ich Bin, und das ein jeder sein kann im Lichte seines Seinsgewissens von unendlichem Format.

Bist du bereit, aus Meiner Hand die Lehre von den geistigen Bewandtnissen, wie von den himmlischen Gerechtigkeiten anzunehmen, wirst du von Mir mit Seelensicherheit, mit Seinsgewissheit, wie mit Universenwertigkeit begabt, die alle auf subtile Heiterkeit, Gottseligkeit und Seinsbeglückung zielen. Du bist dir selbst in Mir, durch Mich und mit dem Nimbus, den Ich Mir beschaulich zugesprochen habe, ein Bekenner der gottseligen Vernunft geworden. Das ist der Ansatz den Ich jedem gern zugutehalte, so auch dir, im grandiosen Sein und Leben hier und zugleich in des Geistesalls unendlichem Vermögen.

6.20

Um zur Sache deiner selbst zu kommen braucht es Mut, Beharrlichkeit und jede Menge Seinsvertrauen, das so viele längst noch nicht gebührend intus haben. Dennoch hängt die ganze Weltlebendigkeit und Lebeweise, Sinnkraft und Bedeutung deines Daseins hochgradig an dem Wort „Ich Bin", mit allen seinen Konsequenzen. Es hat in deinem Sein als Ewigkeitssymbol zu gelten, das dich dramatisch über Tod, Verderbnis und Verworfenheit hinaus-hebt, die du zu erleiden scheinst in deinem engbegrenzten Daseinsrahmen. Hältst du für wahr, was *Ich* dir pausenlos besage, ist deinem Sein und Wesen Grenzenlosigkeit beschieden. Mir ist das längst kein Rätsel mehr. Ich atme seit Äonen, was Ich Bin, im hochgestylten Werden, ein und aus, und finde in dem dargelegten Rhythmus die Erfüllung, Wohlfahrt und Beglückung Meines souveränen Existierens.

Klammheimlich wirst du von Mir in die Seins-potenz und Meisterschaft erhoben. Du gewahrst, wie dir ein neuer Lebenssinn erblüht und findest dich in ihm in wunderbarer Wohlgefälligkeit und Unbeschwertheit wieder. Was kann dir besser und gerechter dienen, als das

Wissen um dein wahres, wunderbares Resümee von Kräften, die du nimmer zu entbehren hast und die dein Wesensgrund, Potenzial und deine Glorie sind als Offenbarung Meines höchstpoetischen Vermögens. Du bist im selben Takt wie Ich in der famosen Fahrt durch die Unendlichkeit begriffen und wirst nie und nimmer in ihr untergehn. Dein Sein ist Geisteswille und holdselige Empfindsamkeit dem Allsinn gegen-über, der dich prägt und hütet, ausspricht und dir alles, was du in Gottseligkeit begehrst, vertrauens-voll zu Füssen legt. Dein „Werde" ist zum reinen Sein gediehen, das es immer war, und Meines Reichtums Fülle hat dir höchstes Herzensglück beschieden.

6.21

Mein Alles ist eine Frage des Wachsens, wie des Reüssierens, in den Tagen deiner Schuld und Sühne, deiner Einsicht, wie im unendlichen Erreichen deiner Meisterschaft im glückerfüllten Sein und Leben. Das ist mein Werk, wirst du in deiner Weltsicht sagen, was Ich selbstverständlich anerkennen will. Doch wie hättest du es ohne deine Leiblichkeit getan? Sowie du dir dein Dasein vornimmst und es regelrecht zerpflückst, muss dir der Gedanke an Mein geniales Schöpferwirken kommen, das dich bis ins letzte Detail ausgedacht und kategorisch zur Verwirklichung gebracht hat durch Äonen. Wer anders stellt dir den Grund und Boden zur Verfügung, damit du ihn beackerst und bebaust in vollen, runden Zügen? Es reiht sich Ding an Ding allwie zu einer Perlenkette von bewundernswerter Qualität und Schönheit vor dich hin, die nicht die Deine ist in der ereignisvollen Seinsgeschichte, die *Ich* dir noch so gern erzähle. Weisst du, was du Bist, zu schätzen, ist Meiner Hilfe zauberhaftes Tun und Treiben angesagt, das verwaltet und bewegt, was ihm zum Erbe ist geworden.

Was dich betrifft, hast du Immenses zum Geschenk erhalten. Nun liegt es an dir, mit ihm richtig umzugehn und deines Allgewinnens Stärke und Prinzipien darauf anzuwenden was du Bist voll Eifer und Gelingen.

Unzertrennlich sind die Lebensdinge die zwischen dir und Mir in unerschöpflicher Bewegtheit hin und wider fluten. Das zu erkennen und daraus die rechten Schlüsse ziehn ist dir von Mir in aller Güte und Bewusstheit aufgegeben. Im Teamwork soll die Welt gedeihen und im friedevollen Miteinandergehn ihr triumphales Ende finden. Was Alpha ist muss auch mit einem Omega versehen sein, das ist die Logik der Geschichte. Allewig Bin nur Ich und du mit Mir im wunderbar erlebten Sein unendlichen Begabens und glückseligen In-Mir-Beruhns.

6.22

„Grosser Gott wir loben dich", ist immer noch akut und aus dem vollen Herz hinauszusingen. Seichtes ist nicht Meine Masche, und so ist es ausgezeichnet, wenn du dich auf alles, was du tust, gehörig konzentrierst, damit die Sache Stil bekommt, präzisen Ausdruck und erfüllte Harmonie. Wie begeisternd ist es, vollbewusst zu sein, um die täglichen Ereignisse mit wachem Geiste zu erleben. Du beginnst, dich selber wahrzunehmen, als ein Wesen das da *ist* und das urewigen Bestand hat in der Geistigkeit die ihm beschieden. Das Körperliche wird fein säuberlich von dem getrennt betrachtet, was als Denkkraft, formidabler Wille, wie als wogendes Empfinden in dir existiert und eigentlich das Sagen hat in der Fülle deiner Unternehmungen und fulminanten Reportagen.

Du lebst als auf der Ebene des Seins wie neugeboren und weisst dich in ihm unantastbar und vertrauensvoll geborgen. In dieser Attitüde kann es dann nicht anders sein, als dass du glücklich bist und ledig aller Sorgen. Es sind hehre, unver-gessliche Momente, in denen du dich unbeschwert und daseinstüchtig fühlst, derweil dein Sinn auf das, was ewig ist an dir, gerichtet ist, um dir die wahre Grösse deines Daseins aufzuzeigen. Du bist in Klarheit,

Wachheit und Bewusstheit das Geschöpf an dem vieltausend Geistesfäden hangen mit denen es dem All verbunden ist in geistiger Potenz, Vollkommenheit und Daseinswonne. Dein Lebens-ansatz ist geklärt, du bist ins Reich der göttlichen Substanz und Minne aufgestiegen und hast dich ungesäumt mit dem vermählt, was Ich dir Bin, versehen mit dem gloriosen Meistertitel, den Ich Mir bewusst, einmalig und für alle Zeit errungen habe.

Heil und heilig ist was da vor deinen Seelenaugen offenbar geworden. Und weisst du es zu schätzen und zu nutzen wird es dir zum ewigen Gewinn und Selbstgenügen.

6.23

Rechtsherum, linksherum wirst du vom Leben kommandiert, das Ich dir Bin, um dich gezielt und väterlich zu Meinem Reich hinanzuführen. Der Fürstenthon kommt nicht von ungefähr in deine gute Stube und das Drillen tut dir not, um dir die Flausen auszutreiben, die sich im Zeitenlaufe in dir angesammelt haben. Eigenheiten sind es, die dich von der graden Linie wegbugsieren, welche dich Mir zuführt ins Bewusstsein der Allherrlichkeit von Gottes herzensguten Gnaden. Das tönt so sanft und ist es auch, wenn du es einst errungen und Ihm, dem König aller Welt, dafür ein treulich Lied gesungen.

An sich ist die Geschichte deines Lebens einfach. Ich habe Mich ins Weltensein gegossen, also auch in dich, um Meine wunderbaren Wesenskräfte, Mächte und Gewalten in sagenhafter Weise auszuspielen. Und dies ganz absichtslos in reiner Freude über das allherrliche Geschehn. Das tut nun gut in deinem Blut, wenn du es recht begriffen und des Versuchers falsche Brut gewissenhaft hinausgeschmissen. Du wirst geprüft in allen Seins-belangen und wenn du standhaft bist, kann Ich dich mit dem Wohllaut von unendlichen Erkenntnissen belohnen. Was ist die höchste mögliche Erkenntnis wirst du fragen? Dass du das Sein bist will Ich sagen und dir so offenbaren, welche weltgewandten Geistheroen hinter dir und in dir stehn. Koordinierst du deine Ziele mit den ihren, wirst du mit Universen-glück begabt und deinem Wesen geistiger Natur kann nichts mehr im Geringsten schaden.

Wo *Ich* walten kann, geht ein Traum von Schönheit und Bewusstheit in Erfüllung. Er erfüllt sich auch in dir, wenn du dich immerzu darum bemühst wahrhaftig, liebenswert und seinsgewiss zu sein in deinen Dispositionen. Die gute Botschaft, rein gelebt, eröffnet dir Elysiens Tore und gehst du mutig und gewandt hinein, darfst du dich frei und ewig heiter, seinsbeglückt und siegessicher fühlen.

6.24

Wenn du dich Mir vertraust, wird alles gut was du auch immer unternimmst im Leben. Ich Bin es, der dir auf die Finger schaut und dich befähigt, sie zum Himmel zu erheben. Was immer er dir frei heraus gewährt, entspricht den Segnungen die aus Meiner Herzensmitte quellen, um deine Seele schön zu machen, liebevoll und wahr. Die Beziehung, die wir miteinander pflegen, ist gerade das was beiden frommt und was sie fähig macht die zartesten wie die wägsten Saiten aufzuziehn. Du bist Mir überlagert, wie die Oberstimmen dem Grundton, der Ich Bin, und schwadronierst entzückt und schwärmerisch um das herum, was Ich dir väterlichen Herzens biete.

Aus der Entropie des Weltendurcheinanders soll die seelenvolle Harmonie der gottgefälligen Gemüter werden, die mit Mir auf's Innigste ver-bunden sind. Bist du einer von den Klugen und Dezenten, die sich Mir und Meiner exquisiten Lehre hoffnungsvoll verschrieben haben?

Was kann dich besser zu den Höhen himmlischer Erbauung führen als das was Meinem Sinn und Seinsprogramm entspricht in aller Welten wunder-barer Euphorie am Sein und Leben.

Wer gewandt ist ist auch bald einmal in Meine silberhelle Gegenwart gekleidet, deren Inhalt und Substanz Ich Bin in einer Wirklichkeit, die alles was du wirklich nennst, bei weitem übertrifft bis in die höchsten Chefetagen. Das Fluidum der Güte, das Ich allweit huldvoll und erwartungsvoll verströme, soll auch dich im Innersten berühren und dir Zeuge sein der Allpräsenz, in die Ich Mich bewusst vergeben habe. Meine Kräfte sind der Inbegriff von Makellosigkeit, Empfindsamkeit und Harmonie in allen Seinsbeziehungen, die Ich begeistert und erfolgreich pflege.

So wie Ich vollendet Bin wirst auch du Vollendung intus haben und wirst dich rühmen können, Gottgeselligkeit und Grazie, Erhabenheit Elysiens und Seinsbewusstheit zu geniessen.

6.25

Was immer kostbar ist und graziös, liebenswert und kunstvoll fliesst dir zu aus Meinen götterlichten Schalen, schmucker Kamerad, und beglückt dich stante pede in der Seele sammetweichem Seinslokal. Es ist ein denkbar köstlicher Moment, wenn du dir inne wirst, dass Gottesgeister dich umweben und dir voll Zartheit ein beredtes Zeugnis ihrer Gegenwart vergeben. Sie vereinen ihr Gedankenleben mit dem deinen und erreichen so die Offenbarung dessen, was im Übersinnlichen geschieht. Bist du dir schon darüber klargeworden, dass im Grund genommen alles Wesentliche, Wirkende sich ungesehn zusammenbraut in deiner geistigen Natur. Dann erst kann es zum Vorschein kommen als gemeine oder gottgefällige Verrichtung an der Welt, die du dein eigen nennst und welche dir allein in ihrer ganzen Vielfalt und Verschroben-heit gehört.

Als ganzes jedoch musst du, ob du's möchtest oder nicht, dem Sein an sich gehören, das Ich dir Bin, und das du Bist in unvergleichlich gottbe-gnadeten und wirkungsvollen Zügen. In diesem Sinne wird das Grosse klein und grandios das Kleine, wenn du's nur begreifst und es fertig bringst auf deine Weise klug, rechtschaffen, göttergenial und schöpferisch zu sein in deinen Wendungen und wunderbaren Ausdrucksformen, allesamt von Mir gesponsert und bewegt.

Du präsentierst dich auf der Lebensbühne ungeniert und prächtig aufgemacht als ein gewiefter Handelsmann, Verehrer weiblichen Geflitters oder züchtige Verehrerin des selbstgewählten Männer-ideals und wähnst, dich durch dich selber zu bewegen. Wenn du nur wüsstest, dass sich alles in der Tat durch Mich bewegt, der Ich alles Bin im grossen ganzen, wie in der so reizend dargestellten Miniatur, in die Ich Mich im Menschensein ver-krochen habe. Stösst dir diese Einsicht bitter auf, so ist dir nicht zu helfen, jedoch goutierst du sie, so fällt es dir wie Schuppen von den Augen und du nimmst dich wahr als Vater aller Weisheit, wie als eingeborner Sohn, im Geiste der Entschiedenheit für allen Seins glückseliges Empfinden und Befinden, überragendes Gewalten und allherrlich universen-weites Wohl.

6.26

Keine Fragen, nur subtile Resultate sind bei Mir zu finden, allesamt an dich gerichtet, um dich aufzuhellen im Gemüt, wie in der täglichen Rendite an gedeihlicher Erfahrung, die du in dir spürst. Immer konsequenter stilisierst du dich zum Kapitän der eigenen Affären, deren Zauber dich entzückt und dich entrückt in Fernen, die du vordem nie gesehn. Das Neue in den Griff bekommen fällt dir noch recht schwer, doch häuft sich dir Erfahrung auf Erfahrung, die befördert deine Aussicht auf Erfolg und strahlenden Gewinn im Künftigen. Für Mich ist es begeisternd zuzusehn, wie viele Einzel-gängerische sich in Meinem Sinn und Geist zusammenfinden, um Meinen Weltenplänen Form, Realität, Lebendigkeit und Sitte zu verleihen. Bist du bereit, das was du richtig findest auch in konsequenter

Unermüdlichkeit und Grazie auszuführen, stehen dir vifen Geister Gottes noch so gerne bei und beehren sich, dem Inhalt Meiner Absicht freie Fahrt und würdiges Geleite zu verleihen.

Statt ausgeschlossen bist du bald einmal in alles, was Ich Bin, vertraulich und verbindlich integriert und darfst dich dabei auch entsprechend aufgemuntert und bedeutsam fühlen. An dir liegt es, dem höchsten Werke, nämlich Meinem, treu zu sein und aufs Äusserste ergeben. Das weckt in dir Erinnerungen an das Frühlicht, das dich einst beseelte und zu dem du, individuell geworden, dich wieder finden musst mit allen deinen allerhobenen Kapazitäten. Dies geschieht durch Mein unendlich sanftes und geheimnisvolles In-dir-Wohnen, was dir sagenhafte Lebenskraft, Gewandtheit, Genialität und Liebenswürdigkeit beschert. Hältst du dich bewusst an diese gottbegnadeten Maximen, kann Ich dich zum Ritter der Gerechtigkeit und strahlenden Genügsamkeit am Sein und Leben schlagen. Du bist Mein Held und Hüter, Seins-begüter und Vollbringer Meiner glückverheissenden Reform geworden, die ins sagenhaft gottselige Gedeihen führt.

6.27

Meinem Lockruf zu genügen gehst du aus und kehrst, mit Meiner Grazie versehn, begeistert wieder. Es sind die Weiten der Unendlichkeit, die dich zum Aufbruch animieren, wie zu immer mutigeren Eskapaden. In diesem Kontex darfst du ohne weiteres vermuten, dass es Mir und Meinen Engelscharen ebenso ergeht im Sturm und Drang nach neuen Seligkeiten - und Gefahren.

Ich weise auf die grandiose Welt und repetiere: In ihr Bin Ich daheim und habe alle Hände voll zu tun, um sie im Gang und auf der rechten Bahn zu halten. Wie viel noch divergiert, ist auch von dir verursacht worden, und deinen Kräften ist es aufgegeben, es irgendwann auf irgendeine Weise auszubügeln, stufenweise durch die

Generationen deines Welterscheinens. Lang lebe unser König und lange leben wir, genügt in diesem Sinn nicht mehr, derweil Neugeburt und neuer Anlauf nötig sind, um das Viele wieder gut zu machen, das da ansteht und dem Weltsinn, der Ich Bin, zuwiderläuft mit seinen irren Infiltrationen.

Im tiefsten Grund kann, was da *ist*, nur Ich entsenden und befehlen. Somit ist, was dich betrifft, der integrale Teil von Mir gegeben und befördert und zu hohen Jahren des Erfolgs hinaufgetrieben. In dir hab Ich Mich Meiner würdig zu erweisen, musst du wissen, und du sollst dich schlicht und recht als eines Gottes Resümee und Parität erkennen, die es zu verehren gilt in allen deinen Lebenssituationen. Mach aus dir was Rechtes heisst: Erfahre dich im Sein und sei im Sinn des Ganzen aufgezäumt und seinsgerecht gehalten, malträtiert, manöveriert und endlich in die Höhen Meiner Unbescholtenheit und Makellosigkeit getragen. Dort ist, was du dir Bist, in ein harmonisches Geflüster eingeschrieben, das dein Herz aufs Zärtlichste bewegt und dein Gemüt in Liebesfreuden ruhen lässt in der Unendlichkeit der Sternensphären.

6.28

Lukrativ will bei dir alles werden, vom wohlge-schürten Laufgang der Geschäfte bis zur Spieler-runde die gar manches Häppchen abwirft, grade-wegs ins pralle Portemonnaie. Für alsoviele ist das Leben ein perfektes Spiel, wenn nur im ständigen Vergolden ihres Tuns mit minimaler Mühe die Moneten klingen, derweil sie eine Ode an den lockenden Gewinn auf auserlesenen Papieren singen. Sie sammeln unermüdlich ein, derweil sie sich verkaufen, und riskieren Kopf und Bein im selbstgefälligen Erfolg-Erlaufen. Das Amen ihrer Seinsgeschichte ist der Ruhm, den sie sich im Rekord errungen; dann wird behende in den Totensack gesprungen.

Springst du hier mit ins unanständige Entsorgen, oder sehnst du dich nach etwas besserem, das deiner Seele Nahrung, Aufblühn, Friedefertigkeit und Wonne bringt im Andersartigen, das Ich dir Bin, für ewig unverloren? Gehst du nach innen, geht dir mählich der Geschmack nach äusserlichem Tand verloren und du fühlst dich in der Welt der sprossenden Genügsamkeit wie neugeboren. Deine Fülle ist die Mässigkeit geworden, deine Hülle ein bescheiden Tuch von Edelmut und Würde, Tatkraft, Hilfsbereitschaft und bewusstem Dich-an's-Sein-Vergeben.

Du wendest dich dem zu der dich beflüstert mit dem Wort: Ich Bin bei dir von Tag zu Tage und erhalte dich bei guter Laune durch die Seelensicherheit, die Ich dir in Bezug auf Ewiges verleihe. Schreitest du in *Meinem* Sinn getrost voran, wird dir auch weiterhin nichts fehlen und die Herzensfreude ist dein treu empfundener Begleiter. Vollendung spiegelt sich auf deinen Zügen, du gewinnst das so begehrte menschliche Gesicht an dem die Deinen wie viel Unbekannte ihre helle Freude finden.

6.29

Was mutest du dir zu im Ohne-Mich-Verhandeln? Dabei steht es dir weitaus besser an, von Tag zu Freudentag an *Meinem* Stock dahinzuschreiten. Was ist wohl der Grund dafür, dass, was für alle offen daliegt, von so wenigen beachtet wird in ihrem Hang zum eiligen An-Meinem-Segensspruch- Vorübergehn? Es ist die eigenwillige Zerstreutheit, die sich an kaum zu zählen Attraktionen hängt, statt sich auf das Eine, Wesentliche und Allheilige zu konzentrieren, das Ich Bin und dessen Einheit alles Weltliche zusammenfasst im reinen Sein von überragend aufgemachten Gnaden.

Du darfst dir allem anderen voran besagen, dass dein wahres Glück im Streben nach Gerechtigkeit am Wort des Herrn besteht und dass in seinem Duft und Strahlen alle Lieblichkeit der Welt sich frei heraus verströmt, um Frieden, Freiheit und Wahr-haftigkeit zu generieren.

Spricht du Mich an, so spreche Ich dir Meiner Weisheit Seim in beide Ohren und verspreche dir, Mein Wort auf jeden Fall zu halten, das da heisst: Ich werde dich erhöhen bis zum Seinsbewusstsein, das Ich dir versprochen und an das Ich Mich zu halten habe. Das bedeutet, dass du Meiner Gegenwart in deinem hoffenden Gemüte inne wirst und dass du damit einen Schatz gefunden hast, der alle Werte masslos übersteigt die dir bis dato zugeflossen sind. Nur ihrer kannst du dich so richtig freuen, denn sie offenbaren dir das wahre Sein von irdischem Bedeuten und von einer Qualität, die dich auf's Wunderbarste stählt, befriedet und bei guter Laune hält für alle Ewigkeit, die dir von Mir voll Himmelsgrazie dahingegeben.

Was du erkennen wirst ist, dass die Läuterung gelungen ist, die Ich ein lebelang an dir vollzogen habe und dass Ich dich damit behutsam in den Rang der Seins-verständigen erhebe. Das ist dein wahres Glück, das dich umhüllt mit der Wahrhaftigkeit der Sphären Meines Seins und Meines seinsbedingten Mich-Verstrahlens.

6.30

Wer die Wundertüte, die Ich ihm vor Augen halte, öffnen will, wird bass erstaunt sein über alles, was er in ihr findet und was schlussends zu seinem Heil gereicht in seinen vielverschlungnen Erdentagen. Alles was Ich dir auf's Löblichste verleihe, kannst du ruhig als ein Angebinde höchster Qualität und Heilkraft, Wohlbekömmlichkeit und Reinheit akzeptieren. Schelte wirst du jedoch von Mir kriegen, wenn du das was, Ich dir wohlbedachten Willens überreiche, kurzerhand verschmähst oder gar zugrunde kritisierst.

Wie etwas wirklich *ist*, kann ja nur der beschreiben, dem es à fond bekannt ist aus bewusster Ansicht oder dann aus eigenem Erfahren. Es ist auch wenig sachgemäss, sich in dieser Hinsicht in Dispute einzulassen, die vor Mir in gegenseitigen Behauptungen und Zänkereien lächerlich geworden sind. Somit ist das, was Ich hier traulich offenbare, nur für die bestimmt die es verkraften können in ihrer Eigenart und ihrem Lebensstil.

Wenn du Mich zutiefst begreifen willst, gibt es nur den einen Weg, dein Bewusstsein von der Welt durch stetes Üben soweit zu verändern, dass es sensibel wird für Wirklichkeiten, die die Menschen-augen nimmer sehn. Es ist die Geistwelt, deren Klang und Zauber du in der vollendeten Gedankenlosigkeit erfährst. Sie ist im Überall vorhanden und du bedienst dich ihrer Kräfte, sei es im Denken, Wollen oder innigen Empfinden. Im Grund genommen ist, was du dir Bist, ein Wesen geistiger Natur, das erst im Einssein mit sich selbst und zugleich mit dem Univesensein vollendete Erfüllung finden kann. Dann weisst du, dass du Bist und dass dich weder Zeit noch Raum berühren oder malträtieren können. Dein Wesen ist Glückseligkeit an sich, zutiefst vertrautes Hoffen und unendliches Begaben mit der Grazie des götterlichten Sich-bewusst-Verstrahlens.

7

Meine fabelhafte Seinspostur

7.1

Meisterdinge sollst du von dir selbst erfahren, wenn du tief versunken Meine Gegenwart in dir gewahrst. Über Jahr und Tag habe Ich das Image, das du von Mir pflegst, entschieden aufgebessert, damit du dich an etwas halten kannst, inmitten deiner Rätselhaftigkeiten, was firm und klar vor deinen Seelenaugen steht. Und das Bin Ich in Meiner fabelhaften Seinspostur, die Univesenweiten schlank und rank umfasst, genauso, wie das Minikrime, das des Beschauers Geist schlussendlich transzendieren lässt in die Offenbarung des Unendlichen in Mir.

Wie immer gilt es für dich alles, was da *ist*, zu konstatieren, um dich einmal doch zurechtzufinden in der Unerforschlichkeit des Daseins, das von Mir geprägt und angerichtet worden ist in grandios gefassten Meisterzügen. Deine körperlichen Unvollkommenheiten werden dir allmählich unbedeutend und banal erscheinen vor der Geistestracht und Fülle, die Ich hemmungslos vor dir erscheinen lasse in des Meditierens märchenhaftem Bacchanal. Alles webt und strebt bewusst der Makellosigkeit entgegen, die Ich seit Äonen treulich präsentiere. Hast du auch nur den Zipfel Meines Götterseins bewusst für dich ergriffen, kann dich nichts mehr aus der Fassung bringen in des Lebens Klapperwerk und kuriosem Dich-Umschleichen.

Du beschaust den Lauf der Dinge als durch logisch abzuhandelnde Ereignisse gegeben. Was einst für jedermann das Einssein mit Mir war, ist durch die Individualisierung in Myriaden schicksalhafte Einzelungen aufgefächert worden. Nun gilt es auch für dich, dem Ganzen wieder, das Ich Bin, den nötigen Respekt und Liebeswillen darzubringen. Damit wird alles gut und deine Züge nehmen die Entspanntheit derer an, die in ihrem Sein den Gottesgeist des Heils gefunden haben. Sie stossen nimmer an, und finden ihre Wonne an des reinen Seins Erhabenheit und Schöpfermelodie im ergründlichen Allhier.

7.2

Ein vollbewusstes Paternoster wär für dich nicht ohne in der märchenhaften Morgenfrüh, um deine Seele liebevoll zu stärken für den Tag. Immer noch sind es die geistigen Belange, die dich in deinem Wonnesein bestätigen, oder dich ins Elend stürzen, wenn du dem Versucher dich ergibst. „Womit könnte Ich dir dienen", soll auf jeden Fall gefragt sein im Verlauf der brenzligen Affären, in die du dich verstrickt sieht, eh du dir's bedacht. Es ist der Schwall erhabener Gedanken, welcher dir von Meiner Seite zukommt, wenn du nur die Gnade hast sie anzunehmen und getreulich zu befolgen nach dem Motto: Gott ist gross. Er will Mich stets verständiger und seinsgediegener, zuverlässiger und makelloser finden in der langgedehnten Lerngeschichte, die Ich unermüdlich absolviere. Leuchtet dir das ein?

Jeder Bitte folgt die Tat, und wenn diese trefflich ist, ist auch die Bitte fabelhaft gewesen. Kaum von dir bemerkt und doch sehr intensiv Bin Ich im Hintergrund durch Jahr und Tag mit dir verbunden um dann, wie auf Befehl, das Allerbeste für dich hinzugeben. Des sollst du dir bewusst sein, dass Ich komme auch in dein Revier um Ordnung und Vertrauen, Glückseligkeit und Wachheit darin einzuführen. Alles, was nicht stimmt, geschieht auf der fatalen Ebene der Illusionen, auf die hinab auch du gesunken bist, derweil dein Selbstbewusstsein sich entfaltete. Was du zurückgewinnen sollst, ist Meines Allsinns Wohllaut, Inbegriff, Kapazität und Quirligkeit, die allesamt auf ein vollendetes Bewusst-Sein weisen. Dann weisst du, dass du Bist und dass sich alles um dich als das Eine dreht von dem die Lebensdinge ausgehn, um sich wieder in ihm zu erfinden, als geläutert und befriedet, harmonisiert und eingebürgert im unermesslichen Gewoge.

7.3

Über Marmorfliesen schreitend inspizierst du die Paläste, die dir alles, wie auch nichts, bedeuten in des Seins Gewissheit, Überschwänglichkeit und knisternden Phobie. Immer weiter Neugebiet betretend, sammle Ich Erfahrungen der feinsten, reinsten Art, auf die Ich Mich komplett verlassen kann in Meinem Drang, Mich überall auf's Vorteilhafteste zu präsentieren. Wohlbegründet ist dies köstliche Verlangen, weil Mir sein begeisterndes Ergebnis alleweil zugute kommt in einer Selbst-bespiegelung narzisstischen Gepräges ohnegleichen. Alles was Ich in Erscheinung bringe Bin Ich selber als Mein ehrenvolles Gegenüber, universenweit gesehn. Empfinde du, was es für dich bedeutet, Mich zu sein in wesenhafter Treue allem was da *ist* und dich umgeistert gegenüber.

Mein Kennwort für Erhabenheit und Willensstärke lautet: Seinsgewissheit, Wachheit und Entschiedenheit in corpore. Da gibt es nur Erfolg und Fabelhaftigkeit auf Meinem schnurgeraden Weg ins herrliche Gedeihen, wie in die unendliche Glück-seligkeit darüber. Ernennung ist in Mir getan und unbefristetes Erlangen wahrer Göttlichkeit im vor Mir ausgebreiteten Allraumen.

Wer ist der erste, wie der letzte, Mohikaner, der sich ungefragt allüberall herumbewegt, in alle Töpfe schnüffelt und den Verirrten an die Pelle geht, um sie gehörig auf den rechten Weg zu weisen? So viel und doch so wenig zu erreichen ist nur Mir beschieden, der Ich in der Meisterklasse operiere und von Sieg zu Sieg zum Spitzenteam gehöre. Napoleon'sche Unverfrorenheit bewegt Mich, wenn Ich herrschend und befehlend durch die kargen Lande galoppiere. Was Ich unter Mir zertrampelte, blüht hinter Mir behend und wunderbarer-weise wieder auf, als wäre nichts geschehen. Und dennoch sind ihm neue Kräfte zugewachsen, die es fähig machen, himmelhoch zu wachsen und zu jauchzen im dezenten Übermut der Seinsgewissen und Erhabenen von

Gottes Schlag und Schlichtheit, Unerbittlichkeit und Wesensharmonie.

7.4

Das Heitere erscheint mit ausgesprochner Würde und Begabung überall wo *Ich* bewusst und ehrsam auf die Lebensbühne trete. Du bist von Mir dazu berufen, es ebenso zu halten im Bewusstsein deiner selbst, mit dessen Hilfe du dich in das sagenhafte Geistgebiet erhoben. Hast du nämlich deines Kroneseins, wie deines Wurzelwerks, Bedeutung und Belastbarkeit gefunden, spriessest du im freien Über-dich-Verfügen bis zur Fülle in der Herbsteszeit hinan und erbaust dich an dir selbst, genauso wie sich viele andere an dir erbauen im naturgemässen Vorwärtsschreiten.

Du bist komplett, wenn Ich dir dies bestätige in einem Freibrief, der da lautet: Dein wahres Sein hast du gefunden in der Fülle deiner selbst, sowie in jener, die Ich dir von Zion aus verliehen habe. So schreitest du im unbedingtem Über-dich-Verfügen freien Sinns dahin und bereitest Mir dabei die Freude des Gehorchens in Bezug auf die genialen Weltgesetze, dich Ich allen Wesen in ihr fulminantes Dasein mitgegeben.

Deine Reise führt vom Hier in's Dort, das heisst, von der alltäglichen Begrifflichkeit in die des Sternendeutens, das vollends in Meinen Händen liegt und dessen Rätsel Ich dir noch so gerne als gelöst und wunderwirkend präsentiere. Es gilt für dich, in der verschwiegenen Betrachtung, zu gewahren wie hinter aller Welt-bewegtheit sagenhafte Kräfte ihre Wirksamkeit entfalten, ohne je ihr Standbild dem profanen Leben preiszugeben. Dir aber offenbaren sie sich im Gedankenschwingen und zugleich in den Gefühlen, die dir innewohnen und auf die du zählen kannst, wie auf das Einmaleins in höchst präzisen Resultaten.

Bist du dahin gekommen, wo Ich Bin, schwingt dir das Herz im reinen Freudesein dahin, wo sich die Seinsverklärten wohlgelaunt befinden. Du hast erlangt, was alle eifrig suchen und lässest deines Glückes Glöcklein seelenvoll und innig sich an alle Welt verspielen.

7.5

Deine Ruder hast du eingezogen und dein Schifflein gleitet seelenruhig und salut dahin, wo sich der Sonnenstrahl noch eben still und wohlgelaunt ins Wasser legte, um sich darauf in unermessne Weiten zu verziehn. See und Seele sind so lind und liebevoll geworden, dass die träumenden Gedanken sich von selber als gelöst, gutmütig und mit aller Welt versöhnt verstehn. Deine Lebensattitüde ist recht allgemach ins Positive, Wohlgefällige und Glamouröse umgeschlagen und erbaut sich stilgerecht und seinsgestillt an dem, was ihr gedankenlos entgegendriftet.

Wer sich als ein majestätisch aufgemachter Weltenwanderer durchs All bewegt, Bin Ich, von dem gesagt wird, dass er allem innewohnt, was *ist,* vom Irgendwo bis tief hinunter in dem Menschlichen von seiner Gnade und Bravour. Wer ihm zuwider handelt, ist nicht eben gut beraten in der allgemeinen Wohlfahrt von Myriaden tüchtig aufgemachter Inkarnationen. Er verscherzt sich damit die Gelegenheit, ihr nah zu kommen und er weiss nicht, dass er Mich in ihr zum Scheitern zwingt mit seinem eigensinnigen Gehaben.

In den Himmeln Meiner Herrlichkeit jedoch Bin Ich der unumschränkte Herrscher über alles, was sich dienlich und gedeihlich um Mich breitet. Seines In-Mir-Seins gewiss geniesst es selig, was Ich ihm bereitet habe. Zuvörderst steht Mein Wille an, dann folgt erst der seine im bewundernswerten Lebensplan.

Lerne du die Ordnungen von Zeit und Ewigkeit gebührend zu begreifen und füge dich dort ein, wo es sich ziemt für dich, im unermessnen Geistraum den Ich meine. Gehorchen und Gewinnen sind auch deines Daseins unerbittlich Los. Doch hast du einmal Mich

155

gewonnen, traut sich keine Unbill mehr an dich heran und du bewegst dich frei und fulminant, beglückt, weitsichtig und von Meiner Grazie belebt in deinen wundervollen Träumen.

7.6

Überall wo du Mich suchst, wirst du Konstanz, Gerechtigkeit und wunderbare Liebe finden zu allem, was Ich Mir in väterlicher Sorglichkeit erschaffen habe. Du bist dazu berufen, deines Schicksals Glorie, Glaubwürdigkeit und geniale Tradition mit dem zu teilen, der Ich Bin und der von Weltgewandtheit, Ehrenhaftigkeit und kosmischem Durchdringen was versteht. Das Fabelhafte ist für dich, dass Meine Züge sich in deinen wieder-spiegeln in dem Masse, wie du lauter bist, vertrauensvoll, wahrhaftig und wie Gold gediegen.

Derweil Ich als Gestalter und Supporter universenweit beschäftigt bin, vermag Ich weit weit oben in vollendeter Gelassenheit und Wohlgeordnetheit zu ruhn. Für dich gilt es, an Meiner Stätte ebenfalls Gelassenheit zu kriegen, in den holdseligen Gemächern deines Seins, wie deiner Fähigkeit, in Meinem Sinn und Geist, wie Meiner Nonchalance, in deinem Lebensreiche zu agieren.

Es kommt bei dir nur darauf an, dass du deinen Schicksalsweg mit unerschütterlichem Seinsvertrauen, Loyalität Mir gegenüber, Reinheit und Gewissenhaftigkeit begehst. Du statuierst damit ein Vorbild erster Güte, dem zu folgen Weltenordnung schafft, Verträglichkeit und kluges Disponieren. Du weisst aus mannigfachem Selbsterfahren, welchen Stellenwert Mein Gegenwärtigsein in deinem Schicksal einst erreichen soll, nämlich den der Absolutheit in Bezug auf Einigkeit, Gerechtigkeit und Frieden.

Hast du das begriffen und in Perfecto auch gelebt, so siehst du dich in einem neuen Weltbewusstsein regelrecht erstanden und von Gotteskräften wunderbarerweis geführt. Du hast, wonach du trachtetest, gefunden und bist vollends begeistert und beglückt, ob dem was du dir dauerhaft geworden bist in deinen Acquisitionen, Wohlgefälligkeiten, liebevollen Aktionen und Gewinnen in elysischer Manier.

7.7

Wenn du nur wüsstest wie vertrauensvoll und innig Ich dir nah bin, Kamerad, dann würde dein Besorgtsein ein abruptes Ende finden und du würdest zugleich am Beginne einer gloriosen Wanderschaft durch Meine Gottesgärten stehn. Was dir vordem beileibe nicht bekannt war, weisst du nun und darfst es selbstbewusst in alle Zukunft mit dir tragen. Dein Dasein wird vom unermessnen Lichte Meiner geistigen Präsenz beständig und inständig überstrahlt und taucht dein Wesen in das Fluidum der Güte Meines universenweiten Geistesstrahlens. Was immer dich erhebt, ist Meiner Leichtigkeit und Seinsbesonnenheit Erheben, was dich stärkt ist Meine weltenschaffende Gebärde und was dich liebevoll behütet ist der Glanz, den Ich gewissenhaft und voller Sorgfalt um dich lege.

Minutiös sind alle Weltenpläne von Mir ausgedacht und in Äonenlänge, -strenge und Behutsamkeit verwirklicht worden. Da gibt es nicht *ein* Jota zu bemängeln und verändern an dem Vielen das in Meiner Absicht lag. Da muss sich keiner schämen, Meinen Spuren unbedingt zu folgen in der Folgerichtigkeit, die Ich in sie gelegt und in ihnen festgehalten habe. Du darfst Mir füglich glauben, dass der Wille, den Ich in den Weltenaufbau lege, lauter ist, unbändig, kraftvoll und von einer Flut von weisen Argumenten und Berechnungen durchzogen. Was dir vorliegt ist die Garantie dafür, erfolgreich und gewieft zu sein in allen weltlichen wie himmlischen Belangen. Was du schätzen sollst, sind alle Meine kraftgeschwängerten Ideen, denen schon im Vorfeld der Verwirklichung Begeisterung entgegenschlägt von allen, die sie sich zum intensiven Studium erworben und ihnen restlos beigepflichtet haben.

Auch dir wird Meine Art und Weise des Gestaltens immer stärker imponieren und dabei höchst plausibel und vernunftgemäss erscheinen. Deine bessre Einsicht wird beglückt mit ihr durch deine Lebenszeiten gehn und dabei die Befriedigung verspüren, die im gottbegnadeten Gehorchen liegt bei allem, was Ich einer sehnsuchtsvollen Menschheit liebevoll und vielerfahren offeriere.

7.8

Tagtäglich sollst du um dein Recht zu sein gehörig kämpfen, damit die Widersacher sich zurückziehn, weil sie keinen veritablen Ansatz an dir finden. Die Moral von der Geschichte ist: Was kostbar ist, das sollst du auch als Kostbarkeit bewahren, nämlich deine Unschuld in dem innersten Bezirk, der sich als reines Sein erweist beim tüchtigen Hinterfragen. Wie oft kommst du dir schlecht und mikrig vor, noch ohne einen rechten Grund dafür zu finden. Du entschuldigst dich aus blauem Himmel siebenmal am Tag aus dem geringsten Anlass, grundlos, weil es eben alle sagen. Solche „Fehler" sind dem Mangel an Bewusstsein zuzuschreiben, welcher dir schon manchen dummen Streich gespielt hat und den auszugleichen eine heilige Pflicht sein soll an deinem Fürstenhofe.

Was dir je so recht gelungen ist, war nur ein Hauch von Mir und war von Meinem sicheren Sensorium getragen. Ich habe einen fabelhaften Riecher für die heiklen Situationen, in die du laufend tappst, und ohne sie gebührend nach dem Grund zu fragen. Aus allem, was dir so geschieht, kannst du Bedeutendes für dich erlernen, nur musst du es erkennen wollen mit geschärftem und entschiedenem Gefühl. Ich habe nie die Absicht, dir das Wasser abzugraben, aber Anlass geb Ich dir genug dazu, dich auf dich selber zu besinnen, um den Witz der Sache und damit des Pudels Kern zu finden, der dich so enorm berührt.

Auf diese Weise solltest du dein Seinsbedeuten täglich mehren und damit die Krone der Geduld, die Fabelhaftigkeit der Weisen, wie den Jubelruf der Seinsgeretteten erringen.

7.9

Eine Prise Seriosität ist dir auf jeden Fall noch zuzumuten selbst im grössten Tingeltangel, das du laufend um dich scharst. Damit kannst du dann versuchen, den Belangen Meines Seins ein winziges Tribütchen zu entrichten. Nichts lässt Mich kalt und somit wird dein Gran an Pflichtbewusstsein mit Grandezza Meinerseits belohnt. Mein Interesse gilt in hohem Masse dem, was du in Meinem Sinn und Geiste zu verwirklichen versuchst. Mit jedem guten Streiche kurbelst du gerechterweise Meine Hilfe an, mit deren Pfiff du selbst ins Pfeifen und Tanzen, Singen und Jubilieren gerätst.

Möglich ist es jedem, sich zu ändern in der Art und Weise wie er sich ans Leben macht, um es schliesslich zu bewältigen und es damit charmant und liebenswert zu finden. Hast du die Bockigkeit des Eigensinns gebührend überwunden, darfst du dich in Meinen Hallen sehen lassen, wo die Wesen sich grundehrlich, hilfreich und gesellig, wach und liebevoll verhalten. Bist du willig und verständig, trägst du wahrhaft dazu bei, die Welt in einen Liebesgarten zu verwandeln. Schon immer gehe Ich dir regelrecht voran und schaue dabei auf das grosse Ganze ohne Mich an Kleinlichkeiten aufzuhalten. Es gilt für dich, Mein Beispiel förmlich anzusaugen, damit es dich beherrsche und dir Freude, Wohlverstand und Tapferkeit bereite. Sind die Gedanken gut, geht auch der Friede ringsherum im Ländchen und schlussendlich auch im Staat, in dessen Obhut, Milde und Gewissenhaftigkeit du dich beglückt und aufgenommen fühlen kannst, im immer neuen Dich-Verwundern.

Ein Wanderer ging längelang spazieren und kam am Zielpunkt endlich an, und der Bin Ich in allen Phasen seines Seins und Wirkens, selig Lächelns und Im-Weltenrund-Bestehn.

7.10

Was Moral ist brauche Ich dir nicht zu sagen, doch du achtest ihrer nicht in deinem Brausen, Sausen und Dein-Sein-Verweltlichen. Das hat zur Folge, dass deine Seelenaugen immer mehr den Glanz verlieren, der sie fähig macht, die Lebenswelt von innen anzusehn. Offensichtlich handelt es sich um die sprossenden Gedanken und Gefühle, die an deinem Leben nagen oder es in Wohlbekömmlichkeiten schwelgen lassen, je nach dem geistigen Milieu in das du dich begeben hast in deinem Dich-Verwundern. Da gibt's ein regelrechtes Kämpfen um die Vorherrschaft des Einen oder Anderen und du bist froh, wenn sich das Bessere, Erhabenere hat behaupten können.

Die unsichtbaren, geistigen Belange sollen für dich immer wirklicher und bodenständiger zur Stelle sein, wo sich die Wege kreuzen und die wesentlichen Dinge sich entscheiden müssen. Allmählich fühlst du dich in diesem Ringen nicht mehr so allein. Du beginnst dich auf die Seite der seriösen, makellosen und gescheiten Kräfte durchzuschlagen. Das vermehrt die Achtung vor dir selber und verschafft dir eine bessere Position, als sie es vordem war. So erweist sich das, was *Ich* dir eben sende, als erfolgreich und gesellig, liebenswürdig und final. Du begreifst die Welt so gut wie du dich selbst begriffen hast und schenkst ihr volles Seinsvertrauen in der Überzeugung, dass die eigentlichen Gotteskräfte schliesslich doch obsiegen.

Du spürst, was dir die Auseinandersetzung mit der Geistwelt wunderbars bedeutet und begibst dich gern in sie, um Herzensfrieden, Seinsgeduld und Dauerhaftigkeit, Holdseligkeit und Menschenliebe zu gewinnen.

Dein Bild von Mir verändert sich zum Guten und gewährt dir Absolution in deinen zögerlichen und bedenklichen Empfindsamkeiten. Du siehst Mich wie ein Cherub und Erhabener vor dir erscheinen und begibst dich wissentlich und willentlich in Meine Obhut in der Überzeugung Meiner Gotteswürdigkeit und Energie, Wohlge-ordnetheit und glückbereitenden Manier.

7.11

Klang und Sang aus Himmelshöhen will Ich dir vergeben, liebe Seele, um dich heiter und gelöst zu stimmen an des Tages Neubeginn im Grünen Meines Seins und Wunderwirkens. Mutig und gekonnt wirst du dann wiederum zu deinem Werke gehn, damit die Menschen staunen, um deiner wie auch Meiner Ehre Willen im unendlichen Allhier. Du solltest eigentlich begreifen, dass Ich dich tagtäglich wie zum Mahle lade in des Lebens Schuhwerk, Stand, Kapazität und Kuriosum. Unvermittelt offen-bare Ich dir das Geheimnis Meines Seins, indem Ich dir erkläre: Es ist keins. Wie eh und je Bin Ich in allem offen gegenwärtig, was sich gekonnt und emsig durch das Weltensein bewegt, um es als üppig oder dürftig aufzufassen. Ich prahle nicht mit Meinen Gaben, und so ist es für dich fatal, wenn du die deinen für dein Eigen hältst in deinem all so menschlichen Gehaben.

Beständig rühre Ich an deiner Einsicht in das Ganze deines Dich-Erlebens, um sie lebendig, adäquat, krisensicher und erbaulich zu erhalten. Auch für dich soll alles gängig und verständig sein, was abläuft in der Tage Festnetz und Verfügen. Das geschieht vorab durch Meinen Einfluss und Mein Seinsgewitter in den vielen und betrifft auch dich exakt und wohlgezielt von Mir. Du kannst es gar nicht besser haben, als gerade so wie *Ich* es will und will in dir gebären. Bitte nimm das an, was scheinbar unbotmässig und skurril verläuft, denn es unterstützt dein konsequentes Schreiten dem Erhabensein entgegen. Deine wahren Werte nehmen ständig zu und lassen sich allmählich mit den Meinigen vergleichen. Das Gefühl der Einigkeit mit allem was da *ist* entsteht und lässt dich dankbar, lebenstüchtig und empfindsam für das Ewige werden. Am Ende wird dann alles gut, was Ich für dich erlesen, und du schwimmst auf den Ereignissen, die dich gekonnt und sicher zur Vollendung tragen. Die Sonne reinen Glücks erstrahlt vor dir und überstrahlt dein Wesens, Meiner Grazie und Gunst gemäss, in vollen runden Zügen.

7.12

Bewusst und tapfer sollst du dich durch's ganze Leben führen und dich des weitern als ein Held an Meiner grünen Seite zeigen. Ich wappne dich mit Himmelsgüte und Verstand von Meiner Qualität, Ergiebigkeit und Dominanz, die sich schon immer wohlbewahrt in Meinem gottgefälligen Revier befunden haben.

Vom Malstrom der Geschichte Bin Ich nie besiegt oder beschädigt worden. Alles ist zu Meinen Gunsten abgelaufen und hat Mehrwert und entzückende Rendite eingetragen. Nun ist die Reihe an dir selbst, für wohldotierten Fortgang der Geschäftigkeit zu sorgen, die du schon immer an den Tag gelegt. Ist, was du unternimmst, nach Meinem Sinn und Geiste konzipiert, kann Ich deine faible Menschenkraft mit Meiner Seinspompösen bestens unterstützen, damit dein Werk Gehalt und Form gewinnt im löblichen Gestalten.

Wendest du dich Meinen Fähigkeiten zu, kann dir von A nach B und bis zum glückerfüllten Omega nichts Liederliches mehr passieren. Alles steht beizeiten fertig und geschniegelt da und erfreut das Auge jeglichen Betrachters schon von weitem und dann ganz besonders in der Näh. Kaum dass *Ich* mit Meinem Wohlverstand darüberfahre, nimmt einjedes deiner Werke unbedingt den Nimbus der Vollkommenheit und Sittenstärke an, die noch so viele dringend bräuchten. Mir jedoch geht alles leicht und lustig von der Hand und niemand wunderts, wenn ihm glänzender Erfolg, Ovationen und frenetischer Beifall zugehalten werden.

Es ist in Meinen Gauen ausgemacht, dass Ich sowohl den Zahn der Zeit, wie auch das Schleckmaul der Vergänglichkeit, nicht bei Mir walten lasse. All Meinen Läufen ist der Sieg und die Verherrlichung beschieden und wird es auch in deinen sein, wenn du nur Mich zum Vorbild und zum Schollenbrecher, nimmst bei der Verwirklichung der kühnsten Inspirationen. So geht alles seinen wohlbedachten Weg, den Ich zum vornherein mit Rosen reinen Glücks bekränzt und mit dem Duft der Göttlichkeit versehen habe.

7.13

Kenner kommen immer mehr dem Wohllaut Meiner Ideale strikt entgegen und erfüllen so ihr Soll, wie das der Welt, auf's Allerbeste, ohne sich bei Widerständen und Behelligungen aufzuhalten. Sie sind die Avantgarde derer, die mit ihrem ganzen Sein und Trachten unbeirrt in Meine Richtung zielen. Diese aber ist aufs Allerbeste definiert wie folgt: Ich weiss, dass Ich Mir Bin das Höchste, was da *ist,* das Sein, mit allen seinen seelenvollen Funktionen und Erhabenheiten, wohlfeilen Werten und Intimitäten. Weinst du, kannst du nach nichts besserem Verlangen als nach der Seinsbewusstheit die Mir eigen. Du Bist, und Ich Bin wesenhaft in dir versammelt mit der ganzen Fülle Meiner himmelhohen Qualitäten, Schöpferfantasien und Idole. Nichts und niemand kann Mich fassen, doch Ich selber Bin in Mir gefasst und eingezogen seit Äonen. Universenweiten sind Mir eigen, Quarks, Atome und umsausend dargestellte Elektronen. Myriaden gütestrahlende Besonderheiten sind das Markenzeichen dessen was Ich Bin und was Ich allem was da *ist* verdanke.

Turbulenzen sind Mir fern. Worauf Ich achte ist die sagenhafte Stille die Mich allüberall beseelt. Dichte ist

Mir unbekannt, nur absolute Leichtigkeit, Erhabenheit, Intelligenz, Genie und Daseinsliebe sind Mir eigen. Konzentration, auf was Ich Bin, erfüllt Mein strahlendes Bewusst-Sein, das sich aus sich selbst erklärt und ruhige Glückseligkeit und friedevolle Harmonie verbreitet.

7.14

Rundum erhaben und beseligt Bin Ich Mir der auserlesne König der Allherrlichkeit, der Seelenstärke, wie der innigen Betrachtung Meiner Qualitäten. Mein Ruf Mir selber gegenüber ist intakt wie eh und je, und der heisst: Glanz und Fülle, Makellosigkeit und Wesensstärke ohne jeden Abstrich myriadenweit und siegessicher um Mich her. Wer etwas will, soll ungeniert, vertrauensvoll und öfters zu Mir kommen, und Mein Haus wird ihm grosszügig geben und vergeben, was bei ihm noch ansteht. Kein Reich ist sicher alsolang wie ihm zwei Herrscher vorstehn und befehlen. An Meinem aber gibt es nichts zu rütteln, weil Ich in ihm das Eine wie die Einheit myriadenfach verwirklicht habe. Kommst du zu Mir, so trittst du in ein Milieu voll Anstand und Gerechtigkeit, Unantastbarkeit und klarer Diktion in Sachen sittlichem Verhalten und Sich-aufs-Innigste-Begreifen. Bei Mir kann nichts mehr besser werden als es ist und Meine progressiven, wackeren Gedankenläufe eilen wie ein Rudel Wiesel vor Mir her, um Meinen Wirklichkeiten und Errungenschaften Raum zu geben. Die Pflege Meiner Werte geht in Unbekümmertheit und Sachlichkeit voran und offenbart sich in bedeutend hochgezognen Objekten, die sich weltweit sehen lassen können.

Bei Mir trifft zu, was dich noch höchst betroffen machen könnte, und was von Mir mit einem Hauch von Güte überzogen wird, um alles gut zu machen was im Osten wie im Westen anstand zur Vollendung, Meiner Art gemäss. Du kannst an einem Finger zählen was für dich zu wählen ist in deinem vielverschlungenen

Brimborium von Mangelhaftigkeiten. Bei Mir entkommst du den Verfolgern deiner Qualitäten und kannst dich höchst bequem zu Hause fühlen ohne Harm, Verluste und Intrigen. Traust du Mir das alles zu, so kannst du dir genauso volles Seinsvertrauen schenken, weil das Meine dir gehört im Grundzug, wie in den Verästelungen, die in dich gepflanzt sind, Meiner Ordnung und Idee gemäss. Du magst es bezeichnen, wie du immer willst, es ist und bleibt der Garten Eden, der sich unter Meinem Schutz und Schirm befindet und der dich offnen Tores gern empfängt, sowie du dich dazu entschlossen hast gehörig und bewusst, entschieden und beseligt einzutreten. Keine Frage, nur Entzücken, das du dann erfährst und überragendes Glückseligsein in allen deinen Wesenskulminationen. Mein Ein und Alles bist du dir geworden, Meine Länge, Breite, Hochfahrt, wie Mein Alles-Überschauen, was da *ist,* und was Ich mit der Herrlichkeit des Seins aufs Allerbeste aufgewogen habe.

7.15

Nur keine Träume, Wachheit ist bei Mir der rechte Trumpf, den es auszuspielen gilt in allen weltlichen wie himmlischen Belangen, die dir anvertraut und feilgehalten sind. Mit geschlossenen Augen siehst du gar nicht viel, doch mit offenem Visier begegnen dir unendlich viele Dinge und Erfahrungswerte, deren Charme und Wohllaut dich entzückt, derweil sie von Mir Kunde geben zweifellos in ewiger Manier. Dritte schliess Ich aus, aber Aug in Aug mit dir kann Ich beseligend in deine Seele tauchen, um sie tiefinnig zu beglücken und Mich mit ihr aufs Köstlichste verstehn. Auf Du und Du mit einem Gott zu stehn ist auch nicht ohne, will Ich füglich sagen. Und wenn du es in diesem Sinne schaffst, kann Ich dir dazu ganz spontan aus vollem Herzen gratulieren.

Den Klang der Weltenschöne will Ich mit dir teilen, die Inbrunst eines tieferlebenden Gemüts selbander mit dir kosten. Ich schreibe dir die allerhöchsten Werte zu, die *sind,* und die Mich nicht nur über Wasser halten, sondern hoch in die Gefilde reinen Glücks erheben, unverzüglich im dir bewusst gewordenen Allhier. Gehst du spontan und liebevoll auf diesen Handel ein, sind dir die besten Schätze dieser, wie der Überwelt, mit vollem Risiko in Hand und Herz geschrieben. Das erfüllt dich mit Vertrauen und Begeisterung am Sein und Leben, denen Ich Mich ohne jeden Vorbehalt geweiht und hingegeben habe.

Was du Mir bedeutest, ist zum mindesten die Aussicht auf ein generationenlanges Wachsen in den Disziplinen: Ehrlichkeit, Gehorsam und Bewusstheit deiner selbst, die dich zu ewiger Heiterkeit, Gelassenheit, sowie zur Wonne des Elysiums führen.

7.16

Möchtest du von Mir ein Freundeswort vernehmen, so kann Ich Mir dasjenige des Dankens sein für alles was Ich in und an der Welt Tiefsinniges erleben darf. Es soll auch für dich die Ursach sein für Lob und Lied, und Sang und Klang in der Richtung des profunden Seins, in dessen Wohlfahrt und Geselligkeit die Wesen alle glückerfüllt und selig sind und leben. In Sachen Geistwelt magst du noch ein rechter Neuling sein, doch sagt dir das gestaltende Gewissen, dass es mehr gibt in dem Himmel und auf Erden als du wissen kannst Mein lieber Schwan. Spüren jedoch kannst du alles was da ist in deinem allertiefst verborgnen Regionen. Ich bin es der da haust darin und dich zu allem Wohlbekömmlichen und Auserlesnen führt was du dir denken kannst, wenn du nur die Gnade hast dich Mir in allem Ernste vollends hinzugeben.

Die Hähne krähen es von den Dächern und die Hunde knurren es in ihrem Hof, dass sie zur Gilde der Lebendigen gehören und sich in ihrem Sein wohlweislich zu behaupten und verteidigen wissen. So auch du bist stets dazu geneigt den ersten Platz und Rang und Klang voll Wonne einzunehmen. Das zeichnet dich auf jeglichem Gebiete das dir liegt besonders aus und beschert dir Glück, Beschaulichkeit und Wohlverstand in wunderbaren Massen.

So fein und rein Ich Bin, Ich möchte dich noch besser haben, und deswegen bist du an die Spitze aller Meiner Günste, Künste, Schöpfungen und Unternehmungen gesetzt, die Meinen Drang und Volksgesang, Mein delikates Seinsgefühl und Meine ganze Sehnsucht nach Erfüllung intus haben.

Fängst du Mein Vielgeliebter endlich damit an Mein Wort zu hören und es zu befolgen so garantiere Ich dir Freuden und Glückseligkeiten ohne Zahl in deinem Dich-Verwundern wie in deiner Eigenart zu sein und deine Sendung in perfecto und Gelassenheit, Gediegenheit und Gotteswürde zu erfüllen.

7.17

Du staunst wenn Ich dir das Prinzip der Hoffnung auf Erfüllung aller deiner Wünsche zierlich vor die Füsse lege. Das ist dann der Fall, wenn du Mich voll gewähren lässest in der Absicht, dich zu stärken und befrieden auf der Fahrt ins Glück Elysiens, die Ich schon längst für dich wie Mich gepachtet habe. Es mehren sich die Fälle, wo einer sich in langgedehnter Zuversicht und ebensolchem Meditieren inne wird der Möglichkeiten des Sich-Selbst-Entfaltens, die ihm so wunderbarerweise offenstehn. Das hebt ihn dann auf eine neue nie gekannte Ebene von Qualitäten, die sein ganzes Sein auf's Wohlgefälligste beflügeln und ihm Beständigkeit, beachtliches Bedeuten und himmlische Holdseligkeit verleihen. Bist du so weit gediehen, bietet sich dir eine Schau auf was du Bist von epochalem Ausmass, die dich zu neuen, ausserordent-lichen Taten motiviert. Folgst du unbeirrt der Fährte, die du aufgenommen, landest du unweigerlich bei Mir im Sanktuarium der reinen Seelen und der redlichen

Gemüter, die sich viel erhofft und darauf noch viel mehr erhalten haben.

Mustergültigkeit ist dir zum A und O geworden, so wie *Ich* sie intendiert und in die Welt hinausgetragen. Der Spruch soll wirken: Heilig sei und heil in deinen Niederungen und überzeugt von dem was Ich dir vorgelebt und vorgetragen habe. In allen Sparten geht es mit dir der Vollkommenheit entgegen, so du den Prinzipien von Meiner Seite kraftvoll folgst und ihrem götterlichtem Atem.

Auferstehn von allem Unmut und Malheur, sei die entzückende Devise, deren Ich Mich schon seit aller Zeit bedient und Mich nach ihrem Duft und Strahlen ausgerichtet habe. In Mir, mit Mir und durch Mich driftest du unweigerlich dem gütestrahlenden Elysium entgegen, dessen Heil dich überströmt und dir das Glück der Sterne angedeihen lässt im Wunderbaren.

7.18

Bist du der Grazie des Himmels wie des Aufenthalts im reinen Sein verfallen, wünschest du nichts weiter als dort fabelhafterweise zu verweilen. Es schwebt die Klarheit an sich über dir und des Seins harmonisches Geflüster weitet deine Wachheit leichterdings bis ins Unendliche der Sphären. Wo wirst du wirklich ernst genommen, wenn nicht hier und dort und überall wo Ich Mich mit Mir selber unterhalte und Geselligkeit erzeuge in der Liebe lichtem Ton. Wer bei Mir eintritt, darf sich bald einmal als Held der guten Sitten und der Fabelhaftigkeit der Wahl bezeichnen, die ihm nichts als Wohlbekömmlichkeit, Beseligung und überirdsche Heiterkeit beschert. Völlig losgelöst von der infamen Flut der weltlichen Illusionen darfst du dich im reinen Geisteslicht bewegen, wenn du im absoluten Schweigen der Gelüste - Meines Seiens Tor gefunden und voll Andacht und Ergriffenheit durchschritten hast, um des Aufenthalts im Makellos- und Friedensträchtigen zu frönen.

Wie von Sinnen bist du nun gegangen und bist alleweil noch hier im weltlichen Getriebe eines sanften Wesens wohlbehütetes Idol der Menschlichkeit im Grünen. Dir ist die sprossende Natur und alles Köstliche in ihr zu einem Garten der Glückseligkeit geworden, der sich rundum zieht wohin du immer gehst und gleitest und in Wundern reiner Schönheit dich erfühlst. Alles was da ist ist dir bewusst und heimisch, wohlverständlich und loyal geworden, weil du erkannt hast, dass es Meine Züge sind der gottgegebenen Allüre. Das Märchenhafte wie das Schreckliche sind als ein Teil von Mir im All vorhanden und haben die Tendenz der Wonne reinen Seins schlussendlich auf die Spur zu kommen. Ich helfe, rette und bewahre wo Ich immer kann und lasse jeden der da will sein Selbst in Mir und Meiner Hochheit seliglich erfahren.

7.19

Konstant und sicher darfst du dich durch's reine Sein bewegen, das Ich Bin, sowie du Einsicht in dich selbst gewonnen hast in der zuversichtlich heitern Lebensmelodie. Das Wirkliche, das Ich vor dir verbreite, ist authentischer als alles, was du bisher wirklich nanntest, in der Aufeinanderfolge deiner fulminanten Taten. Du bewegst dich in dem weitgedehnten Feld der Illusionen, die dir unverständlich sind solange, wie du ihren Sinngehalt nicht kennst in deinen leidenschaftlichen Ambitionen. Da gilt es, anstatt ausser dich, in dich zu gehn, um die geheimnisvollen Motivationen, die dich so sehr bewegen, aufzuklären.

Spitze nun die Öhrchen, wenn Ich vertraulich zu dir raune: Du bist viel mehr als du dir jemals denken konntest, wenn du *Mich* in deine Rechnung einbeziehst und dich auf diese Weise andockst an das allgemeine Sein, von dem sich nichts emanzi-pieren kann, ohne jämmerlich zugrund zu gehn. Die ständige Befruchtung Meinerseits gehört wie nichts zu deinem Leben und macht es weise, licht und schön. So brauchst du nur als Wissender auf dem verehrenswerten Pfad voranzuschreiten, den Ich vor dir ausgerollt und als dein Ideal gepriesen habe. In deinem ständigen Gehorchen und Vernünftigsein führe Ich Mich selbst im Ewigen des Seins hinan und gewinne mählich die Gelassenheit und Seelensicherheit, Bewusstheit und Glückseligkeit, die Mir seit Urzeiten zusteht in vollendeter Manier.

7.20

Blütenreine Weisheit will Ich dir aus vollem Kreis und Kabinett vergeben, um dich standfest, zuversichtlich und loyal dem Göttlichen zu weihen, das Ich in dir Bin als Brise der Gerechtigkeit, sowie als Hauch der Liebe Mir zu eigen. Wie kommt das alles an bei Meinen Bürgen, muss Ich Mich in allem Ernste fragen. Was können sie dafür, wenn sie den Ansatz Meiner Worte nicht begreifen und wenn die Klugheit, die in ihnen lebt, nutzlos verpufft an ihrem Unverstand und Gähnen. Hier muss wie immer die Devise gelten: Durch Schaden wird man klug, und so ist es gegeben, dass die Meisten sich die Fingerchen verbrennen müssen, um zu lernen, wie es nicht und wie es eleganter geht.

Bist du gewillt, dir Meine Lehren hinter's Ohr zu schreiben, um dich ihrer dann von Fall zu Fall auf's Wohlbekömmlichste und Feinste zu bedienen? Darauf sehe Ich Mich in der Lage, kräftig mitzuhelfen an dem schönen Werk der Seinsertüchtigung, das du an dir begonnen.

Die Tage kommen und vergehn, doch du lässest sie nicht mehr allwie ein stilles Wässerchen beinahe unbemerkt an dir vorüberfliessen. Was immer dir dezent und nützlich, figalant und ehrenwert erscheint, leitest du geschwind auf deine Mühlen und treibst sie so zum Schwunge an, den Ich dir liebevoll verheissen habe.

Scharfsinnig sein ist eine Tugend, die sowohl Mir wie dir auf's Beste ansteht, denn sie führt dich ohne

Zwischenfälle stetig und gekonnt hinan in Meine hochgeschätzten Regionen, wo sich die Wesen völlig unbeschwert und frei, freudestrahlend und verheissungsvoll bewegen. Gehörst du einst zu ihnen, werden dir die Augen vor Begeisterung und Minne am Gerechtsein überlaufen und du wirst endlich an der strahlenden Bestimmung deiner selbst unendliches Genügen finden. Du Bist und bist nicht mehr dazu geneigt aus dir selber auszuflippen und dich grundlos und frivol dem Elend preiszugeben. Glückselig bist du in dem reinen Sein, das du errungen und das alle, die da *sind,* in voller Würde cinriht in die wunderbar gefällige Erhabenheit Elysiens.

7.21

Eine Arabeske deiner selbst bist du solange, bis du den Dreh erfasst hast der dich wohlbehalten und galant in Meine Lichtheit führt für Ewigkeiten. Was Wunder wenn du Scharten und Verletzungen en masse erleiden musst solange, bis du Mich begriffen hast in der subtilen Anmut reinen Seins, das Ich Mir durch's Band erhalten kann in Meinen götterlichten Dispositionen. Wie mit feuchten Nebeln abgedeckt sind deine Arbeitsfelder, derweil die Meinen in der frischen Morgensonne glänzen und dem Auge eine Pracht sind erntereif und märchenschön. Ich staune ob der eignen Süsse, die so viel von Meinen Fähigkeiten offenbart und die das Herzblut höher schwingen lässt in seinem Übermut wie an dem Weltbauhange.

Im Morgenwandeln darfst du zu dir sagen: Ich gestehe, dass Ich glücklich bin und darfst, den Vogelstimmen lauschend, heiter und gesättigt fürbass gehn. Dir soll bewusst sein, dass Ich dich begleite und dass deine Fähigkeit, das süsse Welt-sein in dir aufzunehmen, dem entspricht, was Ich dir mit auf deinen Lebensweg gegeben. Barhaupt sollst du unvermittelt vor Mir stehen bleiben und Mir des Dankens Hochgefühl entgegenströmen in der Wirklichkeit der Geistessphären. Du lernst und lernst dem Unsichtbaren den gebührenden Respekt, Tribut und Zoll in reiner Fülle zu entrichten. Ich schenke dir so vieles und du schweigst, derweil du nicht bemerkt hast, wie lebenswichtig und bewundernswert es ist und war.

So nehmen Meine Züge mählich in dir Form, Kontur und Richtung an, die allesamt in Meine Liebesgärten führen. Weilend in den Weiten der Natur darfst du dich ihrer Schönheit weihen und darfst im Glück der Stunden einen Hauch Elysiens erfahren, dem du nahe bist wie nie.

7.22

In deinem Mich-Umkreisen sollst du Seligkeit und Wohlfahrt finden in der Tat. Denn alles, was du *Meinem* Sinn gemäss verrichtest, ist à priori wohlgetan und darf sich als Debut der Weisheit auf den hohen Sockel stellen vor dem Hausaltar. Geschickte Hände haben auch versierte Eltern in der Geistwelt, welche für Erfolg und Grazie, Treffsicherheit und Überlegtheit sorgen. Doch du gestaltest dir das Mobile des Wollens ganz nach deinem Gusto und versiehst es mit recht vielen plakativen Seinsideen. Bist du Mir entwischt, versuche Ich mit grossem Einsatz, dich zu Meines Denkens Qualität und himmlischer Gepflogenheit zurückzuholen. Wohl wenn Mir dies gelingt, kannst du auf freundlichere und erbaulichere Zeiten zählen.

Wie kannst du auch so kritisch kontrapunktisch alles hinterfragen, was das Sein betrifft in deines Lebens Garnitur. Verirrungen sind sauer, und Mein Raten und Beschwichtigen sind dazu angetan dich aufzurichten und auf den Weg des Dialogs mit Mir zu führen. Ich decke auf, was dir noch fehlt und wessen du bedarfst, um glücklich, ausgewogen und bewundernswert zu werden. Nur die Trägheit kann dich noch im Elend halten, die dich Mir entzieht und nicht den Willen aufbringt voll Elan die Lebensdinge zu ergreifen und mit Bekömmlichkeiten zu versehn.

Was Ich dir vor die Nase binde ist bei Mir schon längst zum Ideal geworden für ein geisterfülltes Leben in des Himmelslichtes Saal. Deine Liebesdienste sind denn auch die Stufen hin zu Mir, auf denen du der Lust und dem Impuls begegnest, demütig, tapfer, wach und gottestreu zu sein zu deinem eminenten Vorteil in des Seins Bewusstheit und Behagen. Kleiner Anstoss, grandiose Wirkung wird es für dich sein, wenn *Meine* Kräfte dich beleben und *Mein* Zeigefinger dorthin weist, wo der Herzensfriede dich beseelt und deine Seins-errungenschaften silberhell vor dir im Trocknen liegen

7.23

Eine Ahnung sollst du dir erringen von der Vielfalt Meiner Überlegungen, die zu dem was *ist* geführt und es auf's Beste ausgestattet haben. Unsichtbar ist dir der Göttervater, doch ist er recht geniessbar, wenn es dir klar wird, welche Fülle an dezenten Lebensfrüchten er dir spendet auf und ab und hin und her, heraus aus deinen Wallungen und Wehen. Du machst Betrieb, derweil der, der Ich Bin, erhaben in den Höhen thront und zugleich deiner Triebe Trieb ist, bis ins letzte Detail des begeisternden Vollendens. Ich weise dich nicht ab, so viel du immer dich bemühst, mitzumischeln in dem Varieté der tiefgeschürzten Erdentage. Du weiss nicht was du tust, gilt noch bis heute für dein Treiben und weisst noch weniger wer so kraftvoll und markant in dir rumort. Kennst du aber den, der deine Sauce pfeffert und das Bildnis deines Lebens auf die Leinwand zelebriert, neigst du dich in Ehrfurcht vor dem Unerhörten das er kann und dass er auch an dir geleistet hat in auserlesnen Meisterzügen.

Stösst dir das Kindliche in deinem Dich-Benehmen nicht mehr auf und akzeptierst du Meines, wird dir viel an deinen Nöten, Nörgeleien, Ängsten und Vermutungen hinweggenommen und die beginnst das Unbeschwerte, Tänzerische deines Daseins über jedes Mass zu lieben.

Du schaust zu, wie Ich es tu, wie sich die Lebensdinge fügen zu dem was ist, und du tastest es nicht an mit plumpen Elefantenstössen. Viel mehr schickst du dich voll Wonne an, es voll Inbrunst und Gelassenheit zu zisellieren, bis das Exquisite und Vollendete erreicht ist, das so viele noch im Zeitlauf überwunden werden.

Kommunikation ist bei Mir gross geschrieben, und Kommunion das Fazit aus der innigen Verbunden-heit, die Ich mit allem was da ist auf's Intensivste pflege

7.24

Wer von euch die Absicht hegt, dem Leben an sich auf den Sprung zu kommen, der ist gut beraten, sich an Mich zu wenden, bin Ich auch nur unsichtbar, gefühlvoll und gewissenhaft zu haben. Ich grabe so viel aus als Ich nur kann, um es dir recht zu machen in der Glorie wie im Glamour deiner Erdentage. Doch solange es dir nicht gelingt, damit was rechtes anzufangen in Bezug auf Menschlichkeit und Herzensgüte, nützt es dir in Meinem Sinne gar nicht viel. Du schlenkerst mit den Beinen, derweil Ich Meinen Finger warnend hin und her bewege. Da kommt es mächtig darauf an, ob du aus diesem Schauspiel Schlüsse ziehst und dich in Sachen Seinserbarmen tätig und auf Trab erhältst in deinen Seelentraditionen. Das wirkt dann wie der süsse Morgentau, der kaum bemerkt vom Himmel fällt und wie die sanfte Abendmelodie aus einer Hirtenflöte. Du bist gestillt und fühlst, wie dich das All-Erbarmen mild umfängt und dich mit seinem Zauber so gelind durchströmt, dass du in Herzlichkeit erblühst dir selber gegenüber, indem du dir verzeihst, was du gefehlt, und dich wahrhaftig freust, an dem was dir auf's Trefflichste gediehen.

Jede Meiner Gaben soll dir Anlass sein zu Freudentänzen, wie zu innigen Dankparolen, für was du dir geworden bist aus kluger Einsicht und manierlichem Benehmen.

In die Ferne sollst du schauen, wie in das Geschehn in deiner vielbewegten Näh. Das gibt ein Bild von dem was du erreicht hast, wie von deinem Seinsverlangen, welches deinen Hunger stillt nach Wahrheit, Harmonie und blütenreinem Frieden. Deine Spuren sind von Mir vorausgelegt und sollen von dir vehement und zielbewusst begangen werden, damit du ankommst in der Pracht Elysiens als im Bewusstsein ewigen Seins und Wesens im entzückenden All-Hier.

7.25

Das Konzept ist einfach, doch die Konsequenz ist überaus gedankenschwer, ereignisvoll und seins-gediegen. Es rollt die Zeit darüberhin und ihrer Wogen Kraft befruchtet, was es keimend offenbart, und lässt es durch Äonen wachsen in der Art und Weise Meiner genialen Geisteszüge. Nun ist die Reihe auch an dich herangekommen, die dir auferlegt, zum Weltenbau dein Scherflein beizutragen mit Gedanken und Gefühlen, die das Gute fördern und dem Bösen einen Riegel schieben. Es summieren sich die Taten der Myriaden, die da kommen und vergehn, als Träger Meiner Absicht, grandios Gefächertes zu leisten und dabei in Würde vor sich selber zu bestehn.

Was einmal angestossen ward von Mir muss ewig weiterrollen, weil in ihm die Züge des Unendlichen verankert und verbrieft sind, unkündbar und mit der Sehnsucht nach Glückseligkeit belegt, die alle einst unweigerlich erreichen sollen.

Bin Ich in dir, so Bist du auch in Mir aus logischem Befund und biologischem Kalkül, an dem sich nicht ein Jota wegbedingen lässt, selbst in grandios gefächerten und durchgebecherten Äonen. Deine Wünsche, wie dein Streben nach Verbesserungen, sind zwar legitim und logisch, doch sie werden von den Generationen nach dir alleweil als überholt betrachtet und verlieren damit die Bedeutung, die sie noch zu deinen Zeiten prägte. In markanten Hebungen und Senkungen vollzieht sich jeder Evolutionenschritt im Sinn der Gottesideale und kann von keinem noch so cleveren Partikel Meiner selbst entmachtet werden. Der Teil beeinflusst zwar das Ganze, doch das Ganze, das Ich Bin, ist dem Minikrimen ohne jeden Zweifel haushoch überlegen und vor allem geistiger Natur, an der es nichts zu rütteln gibt mit noch so vielen an sich lächerlichen, wissenschaftlichen Beweisen.

7.26

Mädchenzart und weise schleicht sich das Natürliche an dich heran und schmiegt sich leis und listig, liebesfroh und tadellos an deine grüne Seite, um sich für sich selber zu behaupten, seelenvoll und folgenschwer. Du lässest dich von ihm beduseln und zu zweifelhaftem Tun verführen, das du alsogleich bereust, nachdem du es vollführt. Es gibt ein Mittel, diesem Ungemach galant und sicher zu entgehn. Es nennt sich Wahrheit, Willenskraft und Seinspräsenz in einem. Du gewahrst dich selbst in deinem all so menschlichen Gehaben und lenkst dein bittendes Gemüt zum wonnevollen Equilibrium zwischen dem Zuwenig und Zuviel, Zuinnig und Zuäusserlich, Zuhitzig und Zukühl.

Die Mitte aber ist das makellose Sein, das Ich Mir Bin in allen Situationen hochgeforderter Manierlichkeit und Sitte, Selbstbeherrschung und bewundernswerter Seinsallüre. Du benimmst dich wie ein götterlichtes Wesen und bist es auch, von Meinem Söller aus gesehen. Tut dir Warnung not, vernimmst du sie und handelst ihrem Anruf und gehörigen Gewicht gemäss. So schön kann Liebe sein, kannst du hier freilich sagen und so locker, lockend das gesamte Leben unter der Regie von höheren Gewalten, das heisst, akkurat von Mir.

Ich streite nie um Meine Rechte, weil sie unantastbar weise und erhaben über jeder Zweifelhaftigkeit bestehn. Das Ich Bin ist in sich selber über jeden Fehltritt wunderbar erhaben und gewährt sich damit eines Freiseins Glorie von ausgesprochner Virtuosität im gotteswürdigen Verhalten.

Das alles Bist auch du in deiner Unschuld und Gottseligkeit, wenn es dir gelingt, es sicher in dir zu bewahren. Meines Ehrenpreises kannst du sicher sein und Meiner Gabe der Glückseligkeit, die Ich allen Seinsgerechten noch so gern auf's Köstlichste verehre.

7.27

Was wirklich grünt, wird in dir reife, ehrenvolle Früchte tragen. Du gewinnst an Achtung vor dir selber mit jedem noch so kleinen Schritt, den du in Meine Richtung und nach Meiner Weisung hoffnungsvoll getan. An Genie dazu wird es dir nimmer fehlen, denn es ist das Meine, das sich an dich verausgabt ohne nach Rendite oder Machbarkeit zu fragen. Ich übertrage dir so viele fürstliche Erfordernisse, dass du darob in hoher Schuld stehst, Mir und Meinem Anhang gegenüber. Da gibt es weder kündigen noch kneifen, denn das Mass Meiner Gesetze ist unerbittlich, konsequent und radikal.

Wohlfeil kannst du kein Jota von Mir haben, denn die Logik des Gerechtseins fordert Ausgleich zwischen Plus und Minus, Warm und Kalt in ganz verschiedner Weise bis hinauf zu Mir. Selbst Ich muss noch für jede Neigung, der Ich Wirklichkeit verleihe, den entsprechenden Tribut entrichten. Wer sich eine Schöpfung leistet, muss wie Ich dafür geradestehn, sowie die Schmerzen, unter denen sie sich windet, mit Geduld, Respekt und Zuversicht ertragen.

In Übereinkunft mit den Geisterchören pflege Ich Mich selbst und Meine Welt im Zaun zu halten. Wie hast du's mit der Deinen? Ich weiss genau wie anspruchsvoll und schwierig es dir vorkommt auch nur einen Tag vollkommen Mass zu halten in der Fülle deiner höchst riskanten Operationen. Da hört das Kleinkarierte auf – Erfolg zu haben und selbst Gewieften läuft die

Lebensszene beim geringsten Schwenker in der Wachsamkeit geschwind und unbemerkt davon. Deswegen frage Ich dich an, ob du gewillt bist etwas oder alles an dir und deiner Lebensweise abzuändern, um auf Meinen Pfad und Meine Hilfe einzuschwenken? Das wäre dann ein Hit, wenn du mit einem Mal ein Ziel vor Augen hättest, klarer und bewusster, ergiebiger und befriedigender als es alle Früheren gewesen. Komm und reihe dich Mir an, versenke dich in Mich und sei getrost, glückselig und wie neu geboren.

7.28

Melancholie ist bei Mir kaum mehr abzulesen. Meine Strategie ist straff, konstant und wunderbar von allem Misslichen befreit geworden. Nichts hält Mich weder hin noch her in Meinen fabelhaften Dispositionen, derweil Ich handle kreuz und quer, ganz ohne Mich zu schonen. Was ist Verstand, wenn nicht die Fähigkeit, das Wohlbekömmliche vom Lausigen zu trennen, damit kein Unheil dich berühre wegen Lässigkeit und Ignoranz im Kalkulieren. Du verstehst, das Oberflächliche, Verführerische klüglich von dir fernzuhalten aus Erfahrung, Wissenschaft und meisterlichem Reagieren. Ich finde laufend, was Ich auch nicht angestrengt gesucht und eingemittet habe. Dabei ist es Mein Ziel, kein ausgesprochenes zu haben, damit der Weltsinn keinesfalls gestört und ausgehebelt werde. Ich mach es nur zur Pflicht innovativ, fantasievoll, wählerisch und dezidiert zu bleiben, damit das Neue spriesst und Altes überboten wird in Bezug auf Qualität und Einzigartigkeit im Erdenleben.

Kannst du schweigen, blühn die köstlichsten Ideen in dir auf, von Mir gegeben und zur Meisterschaft geführt. Du erntest, was du nicht gesät, weil Ich deine bessre Hälfte Bin in allen Lebensdisziplinen, die da heissen: Wohlverstand und Fantasie, Flüssigkeit im Stil und Bodenständigkeit im Mich auf Mich berufen.

Was in dir fein ist, mehre Ich und was verschwinden soll, wird von Mir ausgemerzt auf recht verschiedne Weise. Wie oft vermeinst du dich hintangesetzt vom Leben; dabei ist es nur Meine Art und Weise dich zu fördern und dir schliesslich einen Ehrenpreis im Rennen um die besten Plätze zu verschaffen. Alles, was dir nützt, wird auch Mein Nutzen sein – weshalb? Weil Ich dich Bin im Wesen der Alleinheit, dem du angehörst wie Hinz und Kunz und alle Myriaden die da *sind* und sich geschwisterlich durch Mich bewegen.

7.29

Der Bund, den Ich mit dir geschlossen, währt auf ewig und ist deswegen geistiger Natur, wie du dir's merken sollst auf jeden Fall und ganz zuerst zu deinem göttlichen Genügen. Obschon die Mehrheit unbedingt auf Meiner Seite liegt, ist es an dir gelegen mehr aus dieser Welt zu generieren als sie's bisher war. Du bist des Heeres Spitze, das sich hier und jetzt den Siegespreis erobert in der Disziplin der Seinsbewusstheit in der Glorie Meiner Liebestaten. Mit Mir also darfst und musst du kämpfen um das Heil der Weltenseele, deren Zauber überirdischer Natur ist akkurat von Mir beglaubigt und belebt.

Das ist mehr als ein verbindliches Gehorchen, was du leistest, mit dem Drang nach Wahrheit, Redlichkeit und Dankbarkeit Mir gegenüber, der Ich an dir Vaterfreuden minutiös erstrebe und erlebe. Du bist der Untergrund, auf dem Ich Meinen Seinspalast erbaue, seit Äonen. Eine Seins-geschichte in verheissungsvollen Versen will Ich dir erzählen, womit du dazu kommst, in ihr zu leben und sie wahr zu machen, Jahr für Jahr. Das ist dann ein Dienst an Meiner Stätte des Gedeihens und des Wohllauts, der daraus ersteht. Ich lobe dich ob allem was du anpackst und nach Meines Willens Duktus tadellos vollführst. Das ergibt dann ein bewundernswertes Schaffen auf derselben Linie tapferer Moral, an der Mir so gelegen ist, wie kaum an einer anderen.

Du bist Meines Ziselierens Stift und Meines Wagemuts Vollbringen immer dann, wenn dir bewusst ist, wo du gehst und stehst und wo dein Handeln Mich betrifft im freien Über-dich-Verfügen. Sind deine Ziele mit den Meinen eins geworden, kann es an Begeisterung nicht fehlen über das was du erlebst, vollbringst und in der Tage Lauf vor aller Augen offenbarst. Es sind Meine Seinsgedanken und damit das Schaffensglück, das Ich in jeder Faser Meiner Geisteswirklichkeit verspüre. Ich Bin, du Bist und teilst mit Mir was *ist* und was schlussendlich Weltenglorie bedeutet.